缘山路11号

霞女 著

天津出版传媒集团
百花文艺出版社

图书在版编目（CIP）数据

缘山路 11 号 / 霰女著. -- 天津 : 百花文艺出版社,
2025. 9. -- ISBN 978-7-5306-9166-3

Ⅰ. I227.6

中国国家版本馆 CIP 数据核字第 2025CF8515 号

缘山路 11 号

YUAN SHAN LU 11 HAO

霰女　著

出 版 人:薛印胜
责任编辑:李　信
装帧设计:吴梦涵
出版发行:百花文艺出版社
地址:天津市和平区西康路 35 号　　**邮编:**300051
电话传真:+86-22-23332651（发行部）
+86-22-23332656（总编室）
+86-22-23332478（邮购部）
网址:http://www.baihuawenyi.com
印刷:武汉鑫佳捷印务有限公司
开本:880 毫米×1230 毫米　1/32
字数:160 千字
印张:6
版次:2025 年 9 月第 1 版
印次:2025 年 9 月第 1 次印刷
定价:88.00 元

如有印装质量问题，请与武汉鑫佳捷印务有限公司联系调换
地址：武汉市黄陂区横店街临空北路江恒工业园 2 栋
电话：15271659921　邮编：430301

我必须把灵魂当作一个遥远且未知的事物与之交谈，他并不是通过我存在，但我是通过他存在。

——荣格《红书》

一年十二个月，一年二十四个节气，一年三百六十五天
每一个时刻，缘山路11号的院子里都在发生美好
小草每天早上向东看看，每天晚上向西看看
每一株藤蔓都在冬日积累爱的牵绊
等到来年绽放
在小屋里，用唇封印的文字
以霰女之名誊写而出
以亚当之音吟诵
每一时，每一刻
变化的，都是爱的瞬间
或是到来，或是在来的路上——

目录

自序

降临

缘山路11号，我们相遇的地方。在这里，我看到喧嚣的城市内部，一丛盛放的蓝紫色绣球。那天，它们被雨水淋湿，隐匿于周边的竹林。沿途木栅边，瘦弱而勇猛的蚊群，没有发出冲锋的嗡鸣，它们遍布我裸露的躯体，留下诸多无名而又缥缈的生的欲望。

许多次梦中惊醒，我常常会在奇痒中延续无眠，这是难以阻挡的清醒。当利刃嵌入肌肤时，我也会怀疑，那些更尖锐的锋刃又在哪些沉默的时刻，抵近命运，而后转身离去。

这些只是我们必然经过且需直面相对的茧。

值得庆幸的是，我依然遇见了这样一方土地。它不是在城市边缘，或是遥不可及的地方；它存在于城市，就在你我周边。在尽可能保证真实的前提下，我还原了部分对话，仅仅虚构了开启门锁的片段——我将这扇门视作永恒之门。

尽管时间难以回溯梦想的源头，我想我们总会经过河流，重归河流，拥有一座流淌的缘山路11号；只要我们仍旧记得苹果的香气、零落的雨滴，我们就能成为众多中的那一个，在某个瞬间，闪烁。

那时，降临于人性之上的不再是沉默，而是希望。月色笼罩着漫长的街道。

霰女

岛城，2023 年 6 月 28 日

第一辑　地图

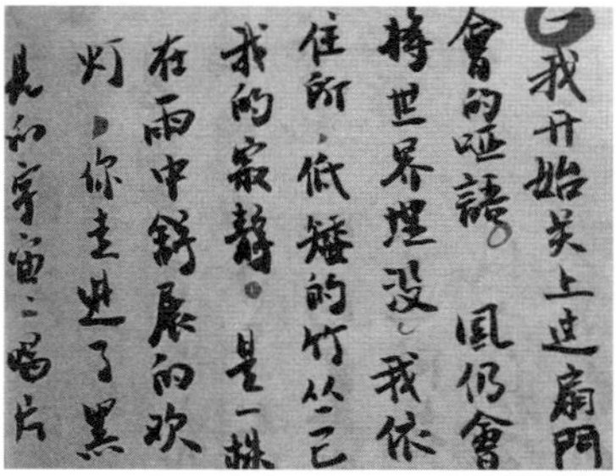
我开始关上这扇門
會的喧譁。風仍會
轉世界埋没。我依
住所，低矮的竹丛已
我的寂靜。是一株
在雨中舒展的欢
灯，你走出了黑

一

我开始关上这扇门。这是我们学会的哑语。
风仍会吹过。所有的雨
将世界埋没。我依然享有这处住所
低矮的竹丛已将生活阻隔。
我的寂静。
是一株卷曲的薄荷，在雨中舒展的欢愉。
我点亮了灯，你走进了黑夜。
那里是所见的宇宙
唱片机
关于往昔的一切，存在于无声。
尘埃也会记起迁徙，由南至北。
我恍惚间怀疑
有没有一种永恒。
在闪电中，或明或暗的目光
落在佩索阿的书信里
樱桃园。
我从未幻想的果实生长于真实的陆地。

二

而这是我为数不多的虚构。我虚构了我
随后抵达了你。
白色的百叶窗前，故事总会经过故事的旷野。
镜子渴望召唤日出。却没有日出容纳肉身。
这代表真实的
精神譬喻。等同于马林鱼的巨骨。
房子是海上隐秘的行者
在海浪声中留下图腾。
纸页会缩短历史。却不断放大文字
批注姓氏。
如果遗忘终将放逐记忆
那我愿你放逐月亮
她会企及下一处时间。
许多人仍旧在这里。
在空无一物的晨昏，交错。
寂静的摇椅，连同书架上的书籍已经腐朽。
没有拒绝地狱的人，也不会吞咽天堂。

三

那道结实的栅栏，悬挂着古老的月光
堆叠的瞬间。我们
在一望无际的平原泄露永恒
白桦叶凋零的季节停留于山谷
我将你的名字蜿蜒，延续绵亘的故事。
冬日有海。米拉之家的鲸鱼骨
夺走过一枚覆盆子
南部山区的三角槭遍祭北国
时间在狩猎间，捕获趋于璀璨的舍利
你隐隐入梦。
请生长为巨大的落地榕来遮蔽迁徙
同样被遮蔽的，还有墓碑
面目模糊的石牛
我们站在树的深处，规避这座热烈的宇宙
重获未被命名的信仰。
以有限的方式。记忆终会走出河流
你依旧存在于曙光
未满的玻璃杯盏，穿山甲的鳞
女人身上的妊娠纹。
你是梦的另一页相识。难以测绘的时辰。

四

我常常在蓝色的日子，摘下透明的壳
没入人海。
为了图书馆旋转石阶旁
那页未翻阅的尼采。
今夜，我将开启另一处宝藏
你目睹的昨日风景，经过我的眼睛
走向普莫雍错
一座站满羊群的岛。
那是个晴朗的冬日，你决意去往推瓦村
山南地区，蒙达岗日雪山脚下
缺氧的地方，你挥霍了酒精
许多个白昼与黑夜之后
蓝冰上的灰烬成为漫长的横渡
羊群准备启程。
它们选择像秋叶一样飘零。觅食，产羔
它们选择了云端。
选择了被压缩的生命的有限
限度是人们尝试战胜虚荣的假设。
靠近天际的地方。瞬间
如同晨起的露珠，在远处发生
我在平原
岛城的水准零点，目睹了高原的滚落。

五

重返这个地方。开启条锁的人不是你
我亲切地称呼他为先生
仿佛已经熟悉这样的称谓。
穿过被书籍包裹的博物馆
我坐在开阔的方椅上。
认出烛台和失色的金属提柄
地板的纹络，被整修的岁月。
我与他谈起那篇过早的文章
以及逝去的书写者
这是笔名，却无处求证。
作者和盘托出的故事
正是他完整经历的年少往事
如今只剩两张泛黄纸页，页眉的黑白照片。
我们像面对孤儿
面对由文字铺就的另外道路
我不能确定于他而言，这是否代表遗憾。
经过那处如同热气球般的巷落时
我触到二十世纪初的火焰
决定假设。
他不会后悔踏上寓意启示的河流
即便坎坷总在猝不及防的时刻行使特权。

六

我愿成为旁观者，忘记时间
正在发生或是消失。
你讲述太平山南麓之前
米色暗纹的茶盏，正想象王尔德
钟情于花园的回眸
想象这里拥有的一切
哀悼、不幸，或是情节。
未抵达的战场，已摆满战利品。
当时间落在宇宙的荒野
我们相信而痴迷的，曾是尘埃。
你推倒所有实存的命名
为它们找回灵魂
那些曾以倒叙的方式隐匿的遗址
摆脱了日常之物的蹂躏
避开覆灭。
如果这些仅仅是作为猎物存在的
被征服的对象
那么城市永远无法容纳死者。
被月光笼罩的湖泊
是块确凿的镜子
人间悄寂时，他拿起镰刀
斩断水的根茎
打捞贫瘠的世界，藏于泥泞的鱼儿
游过的黑褐色花园。

七

来自昨日的山东地图册上，我试图寻觅故乡。
源乡本是静止
具有诞生意义的唯一形象
此刻，她是模糊的。
无数次经过的街道，郊区
俯瞰过她的全貌的历山，皆难以分辨。
难以辨别的
还有存放这本地图册的长桌
它已容纳多少书籍。思索，幽暗中的寻觅
即便这里的大多数会在白昼失去颜色。
我想到那个傍晚，你将它安置于此
留下沉重的匾额
它们彼此相伴以祭奠透明之物。
然后黄昏，决意赠出更多裸露着伤口的旧物
似持续深邃的晚霞。
我盼望某一次远行之后，这支新生的队伍
重新走过岛城。走到未被更名的岬角
看薄雾散去的黎明。

八

我拥有一切与你息息相关的事物。
因为拥有，所以我们从未相见。
乌孙古国的破晓，沾满杏子酱的包尔萨克
仍然明艳
比石老人更神秘的蓝，让人想起伊宁。
有多少命运会从草原的根系走出
重返马儿的那拉提
像是消失的呜咽回归历史。
同一时刻，我们之间的语言戛然而止
伊萨科夫斯基的一页
出现在城市喧哗的大街
这是许多个日夜
额尔齐斯河，未被秋染落的白桦，低空掠食生肉的鹰
时间上的倒影。
众多斑驳的瞬间犹如星辰
落在灵魂的属地，点燃洪荒。
我想起那个还未交付的故事
彼得格勒武装起义后
俄罗斯人来到禾木留下木刻楞。此后了无踪迹。

九

我始终感谢距离，它使空间变得驯顺。
不至于让城市变得偏执。
尽管诸多无名时日，这并非礼物而是磨难。
沿胶济而行的道路
要经过十月的高粱地，寂静的坊子
历史的风穿引过的一粒纽扣
会牢牢牵住失去的名字
成为河流，复现于词汇。
同样的证言
是你远寻的岛
它们来自海洋另一端
街道的数次往返，玻璃窗上的异域图绘
短暂而隐秘的疑惑，如常的诠释。
一次预演的告别
是未得到沙漠的塔克拉玛干
我愿从未谋面的记忆拥有告别的权利。
你曾递给我城市的另一面孔
阿隆·阿甫夏洛穆夫。
我们将众人的狂欢，生活表象物送至彼岸
留下杂草，篇章。甘愿陷于桎梏的
天真的流浪。

十

更多时候，我们面对的是沉默。
沉默的处所，以及那个幻想中沉默的对话者。
这发生在任何必须等待的时刻
临终须臾仍要适应的完整的孤独。
我注视着镜中
用瞳孔保持同样注视姿态的个体
她是陌生人。
千千万万个瞬间是千千万万个我
生疏的肉体，未被接纳的希冀
衡王府上空空荡而决意徘徊的断颈鹤
历史淡忘了被冠以真实的触摸。
霰雪纷落于尘寰
被弃置的城郊道观。染透明朝梦数的尖刃
洪英瑶面颊的一滴血。
告别发生后。
我将所有关于文字的
虚构。调动一九九三，命运的记忆的可能
置换为云，月光，海浪拍击海岸的声音。
它们总会有惊无险避开遗忘。
回归本初
蔑视无休止的轮回。始皇帝燃烧殆尽的王的冕旒。

十一

我想你已点燃蜡烛。在松果状的透明烛杯中
火焰经过菱形格子编织成巨网
它捕捉了尘埃，浮萍，被清理的红浆果和竹丛。
猫侧身钻入命数的身影
是一本被啃啮的回忆录的册页
整片秋日阻隔于哀悼。我们将宣纸的褶皱
视作命运坦途。
以祭奠者的姿态
还原清澈的躯体，随之逝去的灰烬
轻盈的毛发是布达拉宫的白。
酥油升起如殿堂般金色的魂灵
在那张暗黄色皮椅上。我们圆寂偶然
止步于猫的猜想。
如此。许多准确而漫长的语汇中
柔软而坚硬如铁的结局
是所有故事的开端
星光散落的庭院深处
我们拥有无数个灵魂，敞开，守望。
倘若死亡隐遁于夜色，悲欢便是复活
猫若暗影般，拼接着诸多无常
随生命凋零的碎片。

十二

有人留下一束花在栅栏的空白处
以此作为相遇。当我穿行过延伸至山峦的石阶
玫瑰是此刻的天空
你在尽头，和被归档的历史并无二致。
我们所站的路口
生活的镜头正沿着街道拉长。即将到来的冬日
人们期待一场大雪
但愿它会覆盖石老人的时间
在你终将途经的，漫长如潮起的边际。
我会将这光辉的梦
置于外墙，空荡的小小露台。
那里收留过四季。一只无影踪的猫
一道如同落日的注视。竹影般的徐烟。
远方从未刺痛黑夜
只有黎明，以光的样子截断这张木桌
留下无始无终的风，它们循环而明净的声音
是得以拥抱城市的臂膊。
再没有什么需要宽宥
如果岛城，仅仅是一段石老人的踱步。

出自《生活与命运》之手的文字。你断定自由的局限
在这座坚若磐石的庭院。
我们不得不引落银河之瀑，恍若永恒由此生根。
如果意义是手稿
当下没有任何可能证明我们在微笑
或者讲述过什么故事
而结出果子的树，藤蔓，竭力生长的根系
于此富饶。建构着这座花园
距离人类遥远的这里，孤独是唯一的月色
孤独者生机勃勃。
我们坐在河流左侧。注视着人群的拥入
由时刻织就的巨毯中
散佚的水滴，是肆意出逃的年轻人的面庞
你曾提示告别前夕女人的特权
我相信你遇到过那些笃定的事物，并决意转身。
一种命运轮转的滋味
径直走出大门，走向晦暗的街道。
悲剧即将沉没的地方。你唤醒了圆满，正是此刻。

十四

冬天来了。苹果园挂满了晚秋的苹果
它们储存了足够的甜
即将告别统辖命运的时间
我习惯这是友谊。在栀子花般的空气中诞生。
某日傍晚，它被切割成弦月似的薄片
降临在这张小木桌
在沁甜的目光中，望向远方
盛放的苹果叶，洋洋洒洒落在河流的碎时光。
或者还有注视
某些难以名状的幸福感越过枝丫
它打磨着一季轮转的月亮。浑圆，不朽。
感谢夏加尔的风景
泉源旁有一株南向的苹果树
像周日的庭院。落满了曙红色的晚霞
我们打算放飞一种渴望
用西江月的词牌，发出古老而低沉的回音。
红白偏邀绿叶。
秋的嫁礼，是凛冬的人世烟火。

幻儿。另一个世界的猫
确切地说，它存在于玻璃门内侧的时间。
每当我端起茶杯，总感觉它的柔软的脚垫
会发出哒哒声响，穿过窗台边缘。
正如我们曾于幻想中目睹过的猫的寻常轨迹。
而它的形象只存在于你的描述
撕扯过的零食袋子，被咀嚼的书的封皮
空气般的躯壳。
随之被卷起的，是那床渗透命运的薄被
连同归属狸猫的身份
曾在寒夜隐匿于此。
猫的存在是我与缘山路难以隔断的命定。
那段最后时光
我们是同一空间的叙事者。
如果一只猫的形象足以占据孤独
那么它将同时带走所有绝望。
就像这暗淡星空，网罗过多少无名而恢宏的梦。

十六

那个夜晚，时间是慈悲的
遥远的日子。退抵真实的面目
呈现如此刻。
我必须承认这是我幻想的永恒
它们如此富饶而生机勃勃
玫瑰从清晨的森林中走出。恍若露珠的诞生
我们拥抱了一些月色。一轮笃定回返的烟卷的缭绕
那应当被视作神祇的花园
一丛丛整齐排列的孤独背后
早有星盏灿烂于黑夜。
我愿万物归隐而距离恒定。
你撑着船儿，摇动双桨
缓缓推开湖心波澜
我们原始地接纳了许多。
并对那些摇曳于生命的书页留下誓言
继而走向命定的侧路。
我怀念过你的双手，怀念暮色，怀念深深的街道
甚至未涉足的，数次梦醒后伫立的海滩
它们仍将蜿蜒于岁月，占据遗忘。
靠近沉睡的地方。是曾将我们找寻的
炽热而莽莽的瞭望。
白日将至。我并不打算分辨永远
这被赋予一生的短歌
或是唇角的瞬间。
我们拥有过那个夜晚。被世界颂祝的节日。

十七

再来谈谈这座庭院。关于他的故事
我时常想起堂·吉诃德
那是因为我从未目睹那条漫长的道路。
英格兰的北部开始飘雪时，这里已经迎来日出。
它仿佛从未改变模样，寂寥而明媚
在我决意袒露风吹，或被海浪击打的往事时
十二月，偏爱花开。希望是蔓生的层叠的花蕾。
我的文字再也不能穷尽你的名字
它躺在每一册日记本
每一块木头，甚至街角的每一根松针。
烹水煮茶之时，风倚竹动
孤独是片柔软的森林。
我能窥见的几岁过往
在岛城的一间被图绘过的居室发生。
明日，是漫长的结局
被巴比伦的色彩，或是某支现代派的画笔勾勒。
他们会老去吗？
连同这座从现代史走来的庭院
这里仍有幸福的轮廓啊
那些契合，如美的创造物。

十八

秋天离开了。请原谅那片滞留于秋的落叶
乱入了冬的秩序。
一切回到雪日。我确认却矢口否认的节庆
故事戳破了谎言。
灵魂隐去所有的毡房。木栅，牛羊，奔跑的马儿
化作空荡荡的草原。
我束手无策，仿佛成为宣言。
如果回到最初，回到还未显现的命运
我看到你时，便已看到了跋涉
你与暗夜与希望等同。
那些密密麻麻的记事簿上
文字，图绘或信件
你所在的地方，皆是富饶。
沙漠曾蔑视泉源。你从未怀疑意义
那些需要战斗，曾将生活遮蔽的混乱与承受
是全部的重生。
如果所有的英雄主义都被抹去
我们便回到了人性的悲惨。
我在黑色的溪流中看到过太阳。
源自第一个人。

十九

新年。万物创造的平等而深邃的拂晓
十二时，指针将敲响人类的希冀
世界成为心灵的共歌。
所有不可企及的，面孔或是灵魂
属于雷克雅未克的黄昏
属于岛城的缘山路11号
属于徘徊过的里院的每一道路的纹络、
同在。
这处时间的唯一客居地
是宇宙赐予不朽的瞬间
我们该忘却黑夜
忘却深陷其中的城市、高原、烽火或是图腾
告别薄若蝉翼的往昔。
而被拥有梦中的明日。
在生命的故事里
我们谈论可能，短暂而轻柔地
捻灭现实与羸弱。
此后，以标本的方式
唤醒月桂
持续地建构，我们的痴迷而酣畅的原型。

二十

海鸥飞回来了。
从西伯利亚
你横穿过的平原、高原、山地。贝加尔湖之南。
数以万计的海鸟
在空中盘桓
恍若缘山路在栈桥修筑的秘密乐园。
我掷向空中的粮食
被几只鸟儿衔去
它们隐匿于裸露的礁石，已无处寻觅。
我能看清的每一只海鸥的轮廓
是昨日
你与我牵手
缓缓踱步经过的长堤。
灯火微起时。八角在望的回澜阁
是另一个故事。
岛爱上了流浪。
一片波光粼粼的海域，翱翔过北半球的鸟儿
深陷于那轮巨大的暮色。
我们的几次交谈发生于嘈杂的人群
你留下了最短的青岛路。
诞生的
无穷无尽的欢愉时刻。
它们会在此打磨遗忘，使记忆不朽。
我希望我们经历过海鸥。那段历史。那座城。
包括对自由，近似猜想的
毫无根据的占领。

你想到了老去。我们不约而同谈起青春。
因为山师东路。两个毫无相联的故事
在同一空间交错过。
我们并未与时间结缘
也未能于岛城遇见。
尽管我曾像众多饺子中的一颗，在某个夏日
被丢进过石老人的浅滩
这些并不特殊。
但是，此刻的我们是赤裸的
无须打量，疑惑或是探询。
甚至我们选择拥抱
孤独。
仅仅是因为，明日
海依旧存在于岛城，岛城仍旧是那座花园。
属于每个理想主义的黄昏。
或者还有另外一种假设，命运
将证实这种笃定。
也许存在一只薛定谔的猫，时间是箱子
至少我们擦肩而过时
洞悉了那些希望，有一刻目光的碰撞
发生。
如同邂逅，岁月成为慷慨的馈赠。

二十二

岛城一月。长长的斜坡上有座旋转的楼阁
我第一次看清它的侧脸
树随风的影子，晃动了所有的夜晚。
时间。由梦与记忆编织的庞大之物
是黑暗而坚固的意图。
执掌星宿。日与月
仅仅是它胸前两枚未褪色的勋章。
此刻，它是违背诞生誓言的停留。
它的躯体，由光点编织的
柔软而蓬松的帝国
暴露了自我否定的慌张。
它应该是惯常的永恒，以不朽之面生成谜底。
如今是一轮汪洋。一道没有尽头的谜面。
一个如同箭矢般的名字
E——V——A——
穿透了远在地球背面的亚当。
缘山路。我们孑然一身的闯入是归途。

二十三

我们留下背影时。明湖的重台莲
粉白的菡萏
仍挂着露珠，盘踞着泉城的盛夏。
我牵起的马儿，驶过辽阔一载
奔向了石斛兰的蕊心。
这里只有黑暗中，昆虫似的
窸窣，与喘息
玻璃窗上的竹影。叶片徐徐地
舒展开月色
冬日是馈赠。萧索的，寒凉的，风暴般的
擂鼓。包围了缘山路
漩涡中的跋涉。
你吻过的指间。眼睛，额处的几缕青丝
是溃决的海。仁慈而温暖地
捧起灵魂。
我爱上了你的样子
你深深浅浅地注视着，柔软的花螺仔。
这个世界
盛装出席的快乐
只是一个傍晚。一丛深入骨髓的静寂
第十六个希腊字母
π——
如丝的橘络。编织着漫长而潮湿的铁轨。
我游为窒息的鱼
你引我至岸上，幻为人形。
沙漠溢出了海。海封缄了沙漠。
那位航海家偶然命名的
纳塔尔

在南非东部的雨季，开始生根。
庭院的枯梧桐，结满了星星的籽
你牵起我的手，合于掌心。埋我入怀中。
我们的距离
止步于褐色的绒衣与蓝色衬衫。
一次次，清晰而有力的
心脏的跳跃
降落于窄窄的，缓缓的街道
成为龚自珍的美人。万一禅关砉然破——

二十四

胡桃色的旋转楼梯，仍在梦中。
命运错过的台阶。我们的擦肩，是籍籍无名的。
生命里所有的真实。沉没在
被书籍包裹的墙，半面幽深的漩涡。
它倒映着窗外
星辰的走向，崎岖而坎坷。
走上低矮的小坡
今日确定无雪。我却无比怀念雪日的你
你该是赤裸的，凌乱的
连生命也是轻盈的，这是酩酊后的必然。
如今，沉沉现场
众人匆忙地拥入楼阁。寻觅
延宕的船票。近乎徒劳地牺牲与呐喊
恍若清晰的迷宫。
日落时，它会现出完整的轨迹
我们对于现实的命名。犀利而迟缓地顺从
是否能归还一株蓝白色桔梗
生命之初的啼哭
终归是一场漫长的拖延。
众人说：“我逗留了一日，或不到一日。”

二十五

我们忘记了，是经过哪一条幽长的小径
来到海边。
夜晚。岛城的海，是一簇簇堆叠的雪
浪涌向我们。静静地
我们拥抱在一起
拥抱着生长如繁花的人间
拥抱着黑色的沉默，月的柏拉图。
风仍未止息——
那头巨狮的咆哮，撕破心的天地
似要吞没所有的，肉体与萧索的躯壳。
你缓缓脱下手套
用掌心的纹络擦拭起星星
那蒙了灰尘的面颊，瞬间明亮了起来。
我曾以为这趟行走
仅仅是那座渐趋枯竭的宙宇，终将贫瘠
我只是藻
随着潮起推至岸边，模糊地消亡。
如今，零摄氏度的地平线上
你矗立起乞力马扎罗山
霰雪纷其无垠兮——
狮子回归了丛林。黑夜回归了命运。
你我成了诗篇。
古埃及的版图变迁图册上
清澈的泉口在流淌。爱的涌入
是另一世界的
创造。
我的他。时间崖壁上，行走的记忆
是挚爱，梦的长诗。纯然而理想的核心。

二十六

又是黑夜。
你是密密麻麻的文字，爬满了诗。
矗立于城市深处的缘山路
那座庭院。
长出了雅典娜神殿般的月桂树冠
它的根系，是偷食禁果的伊甸园
结为形若鲲鹏的果子。
重返庄周梦蝶
人间。
便是一环渐渐拓宽的树的年轮。
繁盛的竹林
只能是草。
我们拥有四季，拥有山峦的
起起伏伏的痕迹
也拥有了死亡的指针。
后来，人们固定于此。成为循环。
凭借命运的壳
我们依然渴望黎明
一道罗曼蒂克式的辉煌。
更多地，却是这个畸形的时代
生命常常颤抖而单薄。
你终将打开羞涩的灵魂吗？
诗里。我们相拥，亲吻
见证过的
沙漠的绿洲，曾是构成全部生活的本质。

二十七

我们静静地坐着
太阳缓缓沉落至远处的山丘。
傍夜的情人坝
冬日的凛风，从面颊潜入了灵魂。幽执的洞穴。
理想与炽燃铺就的长路
从青州古城走来，去往南方乡村
穿梭于阿让特伊的塞纳河畔。
火焰般的橘树
是我垒筑的半生城墙。
喧嚣，悲观。药的本质
只是些毫无规则的，粗暴的砖石。
我们仍旧静静地坐着
藏起记忆的山丘，成了晚霞的王。
一直走。一直走下去——
我便会相信
更多的未体验的生命里，你吻过了我
悠扬于风中，城市
海浪层层叠叠的，一艘金色船儿的歌谣里
我梦到过。在另一个世界
词和手稿，由黑色铅笔勾勒的停留。
与你的跋涉。夜以继日的寻觅
几段刻骨的爱恋平行。
清晨。中午。
我们喝过同一碗参鸡汤
两个世界发生了些真实的碰撞
另一个我
完整地，归还了你。
我们依偎着黄昏。依偎着彼此
作为生命的前提。

二十八

路过沉默的时候。我们选择亲吻。
以画山命名的第十帝国，第三大道。
我们搁置了人间的形态
带走了羽毛
伊斯坦布尔的几段记忆
一列绿皮火车的靠窗位置。
我们于此编织时间
为它献上名为花园的桂冠
以使其抵达百年。
这无穷无尽的百年，已是高高的栅墙。
我们从未湮没季节的轮转
我们从未绝望命运的荒诞
伦敦曾是你的女人
戴着尖顶帽子的潮湿的街。
几年前，我踏上了那条终将不返的船
再也未能见证山川。
你跋涉过荒漠，草原
穷途，崇拜者与被背叛的音律。
黎明总会苏醒
一棵无花果树的芽梦，画眉的啼
我们并未长眠。这里的本质从来属于生长。
那些或深或浅的吻
只是象征
以未来之名，荡气回肠的传统。

二十九

一切变得有趣了。雪霰
星流而陨般，划过美丽针葵的南国叶脉
吻将吻凝绝于空气
像把锁。重又开启遗忘之后的生长。
沉于大海的暮色
是时间的即刻
永恒。
吻落于我身，你落于我心。
我们是虚无而热烈的灵魂
与现实咫尺之遥。
倘若绽开一株德国鸢尾，响彻昨日的暮鼓
是否能够延宕至此。
不生不灭——
白昼与黑夜之间
矗立着一面天地巨镜
我们止步于这种慷慨。在镜的两侧
画出彼此的模样
画出粟、泉源。土地，被埋葬的宽容
使之如光芒
越过规则、境遇，道德的穹窿。
被显现的裸裎，是我的奢望吗？
如今
它惊动了魂灵
你成为梦的先兆。推门而入的牧人。

我第一次希望，轮回是存在的。
发生于你的匍匐
旧书堆前。我厌倦了时间的推移
从这一秒钟到下一秒钟
你必然会起身寒暄
暂时离开这些铅字的奥秘
这也将延续至我们。
假设时间。这一词汇的心脏
仅仅是人类控制的，模糊绝望的咒语。
我相信
我会以生命的名义
捧住今夜，所有凋落的星星。
用雪的方式，重去铺就一条
通往缘山的阶梯
以使苦难、污秽，痊愈的孤独
隐没。
所以我们终将遇见
所以我们一如既往的寻觅
曾是散着光的雪，它幽微地
穿梭于众生，意义与无意义之间的天平
将真理洗刷
收留虔诚与信仰。
“是的，先生，您是一个诗人。”
我想到了酒神，想到了莫斯科红场
船儿直驱陆地。
这必然要经历镣铐，石头会再次磨穿龙骨。
他们跌跌撞撞的，以己之身奠基了明日

幸福。在黄昏，干净地流淌
你偶然地，走到我身旁
我眼含热泪望着你。这是我们的初见。

三十一

永恒握住了我的手。这是刹那的故事
关于爱的一切。
请允许拖着麦岛长尾的梦，发生。
它们是稀薄的瞬间。
西瓜的气味，一段橘子的记忆
树的前半生。
堆叠如雾的碎石子，涂满国度的记事簿。
被攒出毛球的灰绒衫。
清理过的枯叶。水的联系。
带鱼的刺。
日落，作为轨迹，铺垫生活的可能。
一句问候。我逃避而你重又寻觅的仪式
早安。
亮起的羽毛灯盏。
被更改的地址。称谓的变迁史。
容纳玫瑰光彩的缘山路。
对于叩响寅时
回忆的贪恋。
这是无名的记忆。是动人心魄的重量。
敞开的幸福
那些气息，终会蔓延如晷针，如时辰。
遇到你，我回到了我的最初
忠诚于爱的惊愕。
忠诚于生命漫长而理想的唯一。

三十二

越过太平洋的梦，海成为缘山路。
鱼群见证了这里的幸福。
第一缕光
敞开时——
雪人已经存在。这是亚当与夏娃的
半个雪人。
种子是它的眼睛。昼夜是它的裳衣。
山川草木是它的胳臂。
羊湖般的玄明之心，是王尔德的童话。
雪落在哪里，它便生长在哪里。
这是诞生之初的偶然
当所有的海水流向天空。纷扬如雪
造物主也惊讶于命运
是癫狂的
交错。
雪，以雪的方式覆盖了生命之源的
欲望。枯萎。孤独。
那些我们毫无觉察的
同样作为色彩的白，光的出现
不可名状的殊异。
或者，还有另外一半的
雪人。
你取出那件由吻织就的禅衣
慈悲倾来——

三十三

直到你说出了
我们。
你认出了你。我看到了我。
“请以我之吻为笔，记于你的唇眸
待到诗成
便于唇眸重拾。以霰女之名——”
命运之轮的伊始
这位有着骠国血统的牧师
正在世界末页，用岛城的颜色
创造。缘山路的序言。
你徒手搭建的城中梦舍
是天空成海，我亲自垒筑的祭台。
它的两扇相反方向的门。
是从未错入
洞悉，哪怕是幻影的隔——
某一日。万物归隐时
你取下月亮，为它掸去尘埃
“我的月亮不见了。”
寻着光亮，我走进了这里的中央
那道通天的墙垣。
而即刻被卷入你的庭院。你深深地望着我。
咒语般的。月亮
免于时间的古老回响时
我们，将成为另一形式的存在。
持透明之身
将陌生、犹疑，连同性别隐没。
这里——
曾是柴屋。那些被移走的

荒芜了半个世纪的木头
于此点燃。
爱。
升起的七十个春秋
越过三百座高高的山峰。成为炽热而广袤的
火焰。我们正走向它。

三十四（除夕）

“年已在炉火之上怦然
人已随月夜转身。”
古老的习惯中
我们像感知泉源一样
感知味道。
感知生命中，灰色或是红色的跳跃。
鞭炮的轰鸣。烟花
将绽放的领域，蔓延至新日的探求。
守候，随之发生。
它们中的众多，是作为等待者的目光。
这是另一个我的故事。
你寄来岛城的潮起，海鸥的飞翔。
我听到你的声音
低沉的语调
或是祝福时，沉默处的希冀。
我们看到
仍有异乡故人。远隔山海，迎送一宵。
以今夜众人之信仰
我祈愿
无所不在的欢欣
请月色浇筑宽宽的街道，送你平安回家。
请相信我们渴望而慰藉的，是同一杯水
溢出的爱。
像所有的指针一样。
像所有的荒诞而真实的循环一样。

三十五（情人）

被亚当之音环绕的，夏娃的身影
有螣蛇入梦。
留下他们，归属山海的孩子。
伊甸园
你的叹息，渴望被验证的虚无之境。
是发生于对话的
几度轮回。
你走进了黑夜，叩响了黎明的门扉
我们，便是昼夜交替的
瞬间。
往事。搁置了星辰，拥抱，潜入身体的
造物主的梦。
你从浪迹四方的时代归来
将城市命名为无尽头的
地图。
这本书里拥有永恒
你的存在是创造。
你的注视是书中所有的标点。
“逗号是眸子，句号是眼睛。
省略号……
是我望向你，记忆轻轻荡起的尘埃
破折号——
是沉迷，沉迷于日常的。爱的习惯。”
这些重复发生的事情
仍旧动人如今日。
情人。
你的名字是恩赐。
那轮亲手陨落的。金黄的落日
是为众生所见的，我们的朝朝暮暮。

三十六

甚至，街角橱窗里悬挂的旗
也成了你。
二十六日。拐过转角时，记忆留下的
那道窄窄的影子。
最初，你只是既已存在的
事实。
是海，是风，是陆地
止步于名词的
众多称谓中的一个。
随后，黄昏开启了缘山之瀑。
你是沉默的人间
将生命浇灌于荒芜与绝望
将灵魂安置于尘埃，如同寂静之高蹈——
与女人的爱情纠葛
与不羁为伍的前半生
几乎袒露，继而追溯过的
家族史诗。
忠诚于自己的形式。接受苦难的可能
扎根命运之偶然的平衡。
皆是你。
我仍会看到
玻璃器皿上的余温，被清扫的书架，茶的寂寥。
雪花盛放于冰块之上
椭圆桌几的
浪漫。被烛火点燃的，绯红色的面颊。
我在近处。将你变为一种假设
如果之后的事。
致缘君：
你是此刻的我，世界上最幸福的人。

三十七

倘若霰石的韵脚
是自然的，斜方晶系的女儿。
我们的遇见，便是不可阻遏的
你的名字。
是伊始，是幸运。
小鹿跳跃的丛林
有一块鱼骨，经历了沧海桑田。
当所有的星辰
终以恒定的身份
落于指尖。金黄的芦苇荡，会将爱倾洒
人间。
盛放一山
布谷鸟的唤音。
我愿四季依旧轮转，冬日的雪
会赋予光千变万化的形态。
以唯一的仪式
落成生命中的，繁花似锦。
我吻过了风
它会护佑你缓缓而落。
我吻过了潮汐
那里是轻轻唤醒你的梦。
我吻过了火焰
炽热的思念，从来是抵达你的温度。

三十八

月光降落。霰子如玉
倾洒于方方的庭院。
将雪片编织作被，我珍藏的
是融于你掌心的
晶莹。
那个瞬间，两行脚印缓缓现出。
记忆
走过了阶梯，廊道
走进了黑夜，城市
走出了灯火。
我们相认于阑珊，被缓缓点亮的辉煌。
以我之怀，慰以温度
以我之唇，封以预言
被扬起的掌雪
点落于青丝
我们不舍消融的，是根根分明的
白头希冀。
元夕日。
烛灯，玉霰。纷于屋顶的雪飞
是一场庆典
你是我无法无天的妻
我是你无法别离的良人
请转身而依我肩
请落吻而存我额
爱。是生命的底气。我们终在这里。

三十九

风起的时候
那些轻飘飘的文字，升起如天灯。
癸卯年四月
我看到灵魂的幻象。人生的第三十年
窗外，打开了
暗夜中幽闭的眼睛。
我留下誓言。我并未臣服于七月的狮群
撕碎梦，捆绑启示。
缘山重又制造了意象。日月星辰
力量与勇气，复活的美。
诞生如初的信仰。
连同我们。
你说，这里包裹着一个秘密。
“我们的一见如故
是禾启。
我用它盛入每个字
继而扬起
去掉那些坚固的外壳
或拂去似追忆，或沉没如欲望。
最终，只剩
爱——”
或许。时间的河流，终会渐渐退去
静止于石的诗。是道路，是桥梁。
终是梦
去寻找海的排浪。
来者的路终于显现
我们的生命，会再次流动。不归于某一日。

四十

我感恩幻想的发生。在缘山路
我虚构了与你的可能。存在的意义。
你试图将它们延续
赋予生命。
我只保留了声音。你从远处寄于我的岛。
它将无止境地循环于我的身体
所有的想象
不可捉摸的明日。
这些是幸福
海鸥掠过冬的侧影。海浪拍击岸礁的轰响
一日瘦削的巢中梦
交错的街巷
经过的，同一家打烊的咖啡馆。
凌晨四点。
我在梦中，等候的爱人。
太阳升起时——
你变成了诗。与我相关的永恒。

第二辑　玫瑰

四十一

我缓缓地闭上了眼睛
这里回荡着长笛，寓言般的回音。
故事
成了摇曳的炉火。
小城里，有个吹长笛的姑娘
每天面对着男孩
与花园一同生长，与风雨一起交错。
多年前
她只身一人来到大城
却吹不出一个音符
她沮丧地
回到原来的地方
重又站到男孩面前。
音符流淌而出——
你缓缓地睁开了眼睛。
请回到心中，收起
钥匙。
他们创造了缘山路
他们是他们的门锁与钥匙。他们共生于此。

四十二

我们在月亮上打了一口井
流出了爱。
缘山路拥有了，永恒的泉源。

四十三

你是我的城
隐没的轮回。从来生长的回忆。
你不是孤身一人
世界是你的原型。
你不是回响。延续。
或是穿梭于穹顶的梦中人。
我会落在每一处
观念的影子。
包括此刻
你正在思念的名字。
你会听到西北角的声音吗?
黄昏在喧嚣。
我在闯一道黎明。沉溺于街道。
你消失的每一天。每一刻。每一秒钟。
“她属于我。半睡半醒的新日。我在沏一壶茶。”
时间抽走了数字,你加固了记忆的篱。

四十四

你吻过的土地
汇成河流。古埃及的尼罗河。
我愿意
夜晚的天空是紫色的
这不会太常见，但我仍然希望。
我愿意
你的名字是主干，轨迹是枝丫
自由覆盖了天空
当我抬起头时。
我愿意
睁开眼睛就是天空与大海
岛城是巨大的。我们注视的世界
只是呼唤。
你终会回到这里
我们停留过的
空境。这几乎成了占有。
我愿意。坠落南大西洋的一枚硬币
是坐标
水接纳了记忆。记忆隐遁于生命。
我愿意
我仅有诗人之灵
荒废文字。
你仍旧是你，从未浮现的指纹。

四十五

迎着黎明。你去了远方
电台正播报未来
省内气温持续升高，阿勒泰地区有暴雪。
时间流浪时
我不再侃侃而谈。文字
是枯竭的枝
留住风的，汹涌的巢。
我看到过鹊鸟衔过短枝的面孔
它左顾右盼，随即颤巍巍地
搭建起守望。
世界从未将它打扰
这里采集生存，足以容纳家园
的创建。将破晓迎接。
从隙处流入的光
执着于抚摸
黑白相间的，柔软的毛发。
你终于抵达梧柳。
降生于错落的书架，白炽灯的椭圆光圈。
我们是彼此正在进行的时间
一包软糖。满窗日落。所失之物的告别。
这是一个粗糙的世界。
记忆与遗忘编织
无穷无尽，不归于某种预言。

四十六

我们缓缓靠近时。神仙湾降落了
那场人间晨雾。
你的声音是七月的草原
牛羊遍地。牧人，骑着马儿归于桦林。
风。
唯一的风
终拂去了。你的，唯一的衫。
我仍旧听得清
窗外的潮起潮落
你的乳房流出一朵红玫瑰
我愿意追溯那些露珠的诞生
每当我想起某刻。
年轮。
时间坠落于树的皱纹
是逆流而上的河道。
你的名字
在三月的人间作诗，奔流赴海。
我想我们总会遇见
我想我们总会向前
太平洋以西
我们留下了共同的锚。
锚定于亚洲之东，古老的陆地边缘。
岛城窗外
远航的大船，升起了帆。

四十七

竹篾编织的灯是指针
落在这个世界
半张地图上
清晰的地名，一个插着玫瑰的白陶瓶。
盛放普洱的茶香里
你是四面八方。所有的，无序气息。
有限的岁月里
这一切真实而迫近。恍若“时代”这个词。
我翻开了这一页。
黑夜收走了喧嚣，寂静卷去了花的枯枝。
我没有做过你做的梦
我们的生命，常常是相关的。
不局限于肉体
不委蛇于规则
不休止于陌生的事物。
光明与阴影。只是制造记忆的游行。
某一日，我渴望自己融化为水
以海的形式
存在。
盐将填满我的心脏。每个潮起潮落的日子
你跑向海边时
你触摸的就是我，连同路过我的灵魂。

四十八

我仍会将你书写
以任何方式。
你的面庞是全部，见面的失语。
我常常热爱
你的每根发丝，每道皱纹的排列组合。
它们在我的梦里扎根
结出红色的山茶果
我眷恋着这样的循环。春生夏长
这是乐此不疲的明日。
以影子的方式
我是你沉默的爱人。
我枕着冰冷的石头，城市的沥青脊梁
却像枯藤
邂逅了春日。
你不愿沉溺辉煌
那些封闭而隐秘的喧嚣。
我会失去色彩，只拥有舒展的轮廓
将你延伸。
你永远不会将它找寻
这是结果。
世界闭上了眼睛，你就是回声。
明月孤悬在高空
升起于内心。
我们拥有了归途，生命创造的一切来路。

四十九

绯红色的晚霞显现于天边时
我相信
这是黄昏。
柏拉图的理想式，渲染在《雅典学院》时
我相信
智慧是立场。落成雅典娜的圣地。
坐在不锈钢罐的麦子
望向岸礁时
我相信
狗尾巴草在发酵。关于被驯化的历史。
蓝色浮出海面时
我相信
这是重量的低处。地球，高傲的修辞。
艾略特抛下《荒原》时
我相信
二十世纪是被炙烤的恶
文学是裸露的拱门。人们走进又走出。
红豆生长在南国时
我相信
王维的新枝，会开向春天，不固于爱。
这必然是光芒
墓冢的回声。丈量所有的认知之眼。
直到你
驱赶着我的灵魂，来到缘山。
雨的降落，发端于内心。自由是雾霭
不再苛求顺序，定义。
欲望消逝于文字
流浪的方向。

诗无力埋葬的，是落叶的苦难。粮食的不均。
它庄重地吹起长笛。世界
重回战战兢兢的
生命的影子，死去的月亮。
这正是遇见
如同我们。时间总是短章，梦的孕育。

五十

复兴号穿行过我的眼眸时
“穿行”这个词还未结束。
白桦叶蔓延去至北国时
源乡还未走出故乡。
开在四月的风
长出了三月的尾巴
四季是轮廓。山川是流动的骨骼。
可我仍然不敢确认
模糊的瞬间，具象的游子的远行
风的新居。
我卷起了山丘，卷走了无尽头的河流
你抚平了《玉篇》的暗角
抚平了轮回的
擦肩。
你是一撇一捺的启示。我们终未走出的命运
林下漫漫昔音
霰的开篇。
三百年前的青州，仍是剑影
你是道观的三清铃
我随由明桂落入泥心。
或源于爱
我无力干涉的，是历史精确的偶然。

五十一

有时候，像是忽然关上了一扇门
你从我的眼前消失
我的心里有座空房子
当夜色完全降临。明月高悬时
你对我说
这扇门的门板已经卸掉了。
有时候。我觉得自己是贫瘠的
渴望成为花园
你每一次离开
都可以摘一朵开得最盛的花
让我的生命
成为你的爱情
那绽放的，也将是我的守望。
你对我说
我常常去书店。去寻觅，你喜欢的书。
有时候，缘山路打出了一口海，海豚在歌唱
你的双手是影子
触摸着我们
不可及。
你对我说
我爱你，是风，吹散了你的名字。
有时候，你的样子是黎明
浅日光，三月末的青小麦。蔓延的白色标线
这是我的目之所及。
你对我说
我们是同一本书，走出的新世界。
经过香城的路上

微山岛的鱼跃出了水面，回到了梧柳。
有时候。我梦到了一切
你是真实的，旧相识。

五十二

这里有我们创造的世界。
弥漫的灵魂。
我第一次察觉到你的存在，是在四维
远离鼎沸的人群
到达了不再真实的信仰
一个极处。
我们进入了那里
甚至不知从何处走来。
风一样的黄昏
幸福
是被随意翻阅的气息。
你的眼睛里
闪烁着
我的星辰。我将此铭记
即便此刻的我
仍然缄默。
望着你终日的寻觅，无边际的墨的残痕
望着白炽灯，明确而标准的辉煌。
水龙头里的水
不断流出
蓝色，紫色。灰鸽子飞过了这座城。
或许你正渴望着
结束喧嚣。
我们之间是川流不息的河。流淌着同样
望而生畏的
渴望。
时间接纳了黑夜
照亮那条固执而宽阔的街道。

五十三

于是，海这样赐予了沙漠
我们挥手告别时。
在此之前
冬已开遍四月初的面颊
流出满池青丝。
你取出一块念石，杜松子的味道
是瞬息的
黄海。我们之间的距离
从迁徙而过的凛冬
抵至一片薄荷叶的苏醒。
我怎能忘记
这卷麻纸背后的
跋涉，热望。颠沛流离的
故国。
灰飞烟灭的时代
有一个习惯抄诗的读书人
在每首诗的右端
标记着所用之韵，平仄。
他偶尔写诗
愿生命交付于这片密林。
被诗注视的，是同样的面孔。
我该怎样去表达你
你存在于我，将自身封缄于灵。
庄严而卓立
像是幽深的洞穴，摇曳着虹。
我的爱人
请你发现荣格——
请你发现春的隐姓埋名——
这是万物生长，被命名的一切意义。

五十四

你应该去成为画家。
你应该去成为伊恩·麦克尤恩。
你应该去成为一株悬铃木的果实。
你应该是雨滴
滑落玻璃窗的分岔。
你应该是今日的土壤。柔软而蓬勃。
这是你的名字
可能——
我能接受原始
这个世界野蛮而狂喜的一面
我能接受鳗鱼的头颅
半悬在三轮车边
微张的嘴唇。
某些经验主义。负面的。未知的。
我能接受模糊
现实，或是梦中
永远无法抵近真实的，关于你的
真实场景。
我能接受困顿的预言
时常疑惑的，现今的轨迹。
我能接受连绵的山丘
半是迎春，半是坟头纸。
它们同是富有生命力的
北方颜色。
我们的世界在此生长。步履维艰
将泥泞踏成路径。
我能接受
让接受长出翅膀。越过山丘
像卧在岛城的春日，天青色的胶州湾。

五十五

整片的乌云。你的台风来临之前
我站在西康路三十三楼
海经过了胶州湾。
我记得阴霾
玻璃窗边震落的墙灰
可是蓝色，会在一切未知面前起舞。
我想象着
也许有几只灰色海鸥，陪伴着你
低行穿越过峡谷
或是整个海岸线的，白色浪涛。
你酷似釉彩。
生命对于象征的契合。
所以你必须是老建筑。古老的煤油灯
被保护的，或是束之高阁的
月亮。
我无法抵达
煤油灯被点燃的光亮
那是些黑色的浓烟。曾湮没你的拥有
我难以忽略这些。
我所痴迷的，正是此刻如此绝望的眼泪
即刻隐匿之物。
是同样被湮没的
我极度渴望。必须置于记忆的你。

五十六

我必须铭记你的轮廓。
星星陨落尘埃
街灯垂直于路面时，被风抽走的黄昏。
你缓缓地走向任何一个春天
任何一个春天就是你。
星罗棋布的湖泊。
从三间冲天牌楼到苏格兰高地牛。
金红色长毛覆盖的
眼睛。
是迁徙的大不列颠岛。濒临灭绝的化石。
是渐渐褪去的斗彩。
是时间。
所有难以言明的夜色，皆是晕染的
你的轮廓。
我徜徉于稀落的街巷
取下尼山石章
石章也是你。
盛开在路口的东方绝色
是岛。
自由深陷的囹圄。死生契阔，一人永恒兮。

五十七

当我爱你时
风会亲吻树叶的针脉
你看到的青绿的，蓬勃的，金色如黄昏的
都是起点。
当我爱你时
我会闭上眼睛
眼睛飞向黑夜，变成了星星。
你望向天空时
夜色的光辉，是我吻过你的方式。
当我爱你时
梦不是沉默者
我想象着林间夕下，也会呼唤满月
它们本是同样的秘密
彼此的根。
当我爱你时
时间只是藻井。高，而凌空。
永远停留于此的距离
不再缥缈。是确定如明日的幸福。
当我爱你时
生命会缓缓走向终点。哪怕是关于死亡
我也会接受有限。
以我们的尺度，以沉默的声音
延续——
那跳跃的黄昏。
那燃烧的晚霞。
那沉浸如我们的，曾经的横竖撇捺。
是以爱浇筑于你我的万物。

五十八

如果你是停泊于奥帆的雪龙号
今夜的月亮就是瘦西湖
我穿过白茫茫的一切
游入时间。
你是被等待的锁链的自由。
你是被砌筑的堤坝。
你的注视，是风尘仆仆
五大洋的梳洗。
风启走了
密密麻麻的记忆
留下作为深渊的影子。
我忘记了
这里就是情人的情人坝。
我看到旗杆
从金属里流出透明的泪滴。
我看到巨大的模糊
升起了灯。从甲板上走下清晰如冰层的你。
我看到旅途
途经旅途。
从星期一到星期一。
乔治王岛。一面旗帜。冰穹的沉寂。
从远方的梧柳月色中
你折射入海
我身在缘山而必将生命的孤独豁免。
这里降生过二十一世纪的雾
我们局限于荣格
第八日的日记
你是我。

五十九

看到浒苔时
我没有想到根系
在这个公交站牌。我的停留是七月的藻类。
当记忆经过了记忆
我读起你
从糖果变成莲子心的泪滴
游于面
落在生命的沟壑。
我想你已在我的身体里生长
长出繁盛的枝
逆流而上。
又像是马不停蹄的春日
山樱花的含苞。
它们在热爱中迷恋尘埃。我想到了窒息。
你会开启这扇门
敞开我。
去听四面八方的风
去看四海八荒的月亮
去爱四面楚歌的西楚霸王。
我们拥有河流
潜入太平洋的踏雪乌骓。
从洋底的天堂到天空之城
你注视的样子，是我爱上的你
我们是世界的
同一类。你给予我的钥匙，启开了世纪。

六十

这是龙井的时节
车停在日暮里。
日暮乡关何处是。你看着日暮里的人群
我的双手
抵近了玻璃窗。
玻璃窗上的苔藓
是我们共同栽种的，吻的蔓生。
如果你读懂了这些透明之物
熨斗的蒸汽
或是平整的布裙
你也会读懂潮湿。真实，覆盖的形式。
像是毁灭
忽然显现的，滚烫的激情。
像是偶然的大雨
不属于这个季节的震颤。
像是一直向后看的你。永远向前的光明。
我不能离开窗内
窗外下起了雨
我知道
你在编织故事
岛城出走的牧人
爱上了寺庙的荒草石。
我感觉你的灵魂
出生在高歌的八十年代。
所以命途多舛是一代
所以漫无止境是中途。
只是此刻。
我忍不住想要看清你

如全部的
童幻。
你是眺望世界的蓝紫色绣球。
你是椭圆状的坚冰。
你是整盒蜡烛。
冒险而不可攻破的意义。

六十一

整个世界的花
都开了
那拉提草原的风
吹向了我
你带来山丘，长河。木本植物，迁徙的骆驼。
我拿起犀牛角
注视着日光。撩拨开，这轮太阳
我们就是藏于深渊的
幽禁物。
宝蓝色的球体
像是苹果园里，任意一棵苹果树的籽。
对于生命的感觉
我们常常相通。
我沉浸于你的漫游，自西向东的晨昏。
生命朝下
我们是天地间的失衡。

六十二

倘若这里发生了诗
此刻。鹿的眸子
就是你。
透明而灵动的游弋是卜辞。
穿行于高架的车辆，货车的钢板车头。路基
是龟甲。
我仿佛与你发生了一次告别
这些坚硬之物告诉我的
猝不及防
在我们从未怀疑的遇见。
水滴石穿
我看到了结局，意义开始生长。
这样的春色是正确的。
我已在回溯
渴望每一岁的回响
它带来希望。
我的玫瑰色爱人
从来不是目的。
海是那道无处容身的，你的名字的涟漪。

六十三

你牵来了鹿。偶尔消失于缘山的鹿。
这是二十日的沉默。
面对四月
我比三月更加宽容。
三月的尾巴拿去了我的身体
绕成春色。
春日梧桐里。我是随风翻卷的叶。
这个句子里。我是停留在绝壁的花。
这一切发生在记忆徘徊之后
你触摸过的回忆
穿透了墙。
不可避免的涉及了
我的所有领地。
翻出了孩提的蹒跚。巨型黄鸭子布偶。
将写诗视作命运的
缘——
我渴望重复。这包括所有的差异与猜测
红房子。灰色的海。裸露根部的树。
遗落在中部草原的荒漠。
你的面孔里
浮现过的往昔。仍旧波澜的心。

六十四

爱，以万物的形式
包围了我
储存过冬日的枯叶。缠绕的藤。
满墙的白丁香。
像是这样的春色一样
你回到了缘山。
然后将命运握进我的手心
直至生命的尽头
仍旧不会陨落的黄昏。
我必须铭记
你已成为肉体的习惯。
请原谅。这近乎土地的表达
我陷入了泥沼。
又生出永恒的新枝。
静静地。这里是北方的夜晚
它讲了一夜的情话。
我拥抱着这些
拥抱着你
也许，我留下来了。
当我想你时
我爱你的那个秘密。又将我拥入怀中。
当我离开时
它即刻凝固。成了另一个秘密。
我觉得你也会经历。烛台湮灭烛心时
我们会去建造庭院
用明净的夜晚和炉火中的一百次日落。

六十五

我躺在巨大的寂静里
当你决意在我的身体作画时。
你用笔锋勾勒出泉源
我的胳膊成了河流，从舌尖入海。
我爱你就像漆黑的夜。
我想象着
缘山是传说。
我随意敞开的一间白房子
里边就悬挂着瞬间。
你是战利品。等待了几世的兽。
我们的遇见
是随意翻折经过世纪的相片。
渐渐地
我听到远处的呼唤
世界开始模糊，放大。
这里藏着所有的结局。栅栏内侧
有些树的果子。
星星。木头的末一行，同样的阿拉伯数字。
如果我仍渴望巴别塔
请掠夺所有的自由。赐予。再宽恕他。

六十六

没有什么能够阻挡你去北方。
我们和太多的房屋擦肩
只留下轮廓。
关于樱的色彩，箬叶般的回声。
因为经历着同频同样的故事
我便觉得梦是生命的一种。
四月初。未绽放的流苏
盛开在微风的月底。
黑夜短暂。白昼长路漫漫。
倘若风
穿过了海河
风也穿过了我们的耳廓，进入了巴陵春。
太阳的光辉是一种结局。
那艘船儿
驶向了解放桥前。
像是此刻
时间正在静止。我忘记了我身在世纪钟前
你正目视前方
接受无休止的涟漪。接受五大道。接受遥远。
众声喧哗的城
距离是寂静的繁衍
我们拥有这条步道。似命中注定的宣告。

六十七

我想起那个如同果壳般的夜晚
自空而下。
你没有即刻转身，烧水烹茶。
如果是这样
灵魂仍会灌满
空荡荡的茶杯。影子
从四面八方，送来这座城。
时间仅仅是指针的模样
没有任何退路
全是明日。
这是诗歌之外的假设。我敞开清晰而潮湿的记忆
接纳了海。
我品尝了面包，所以我营造了列宿。
我经历了黄昏，所以我挽回了昨日。
对于停留这件事
它可以吹起风的绒毛，再将渴望湮没于注视。
遍满空界
我承认这是还未上锁的中夜。
仿佛残存的手稿
洒以灯明
落于石头末端。
原夜——
字的孑然。我知你常往而晚归。

六十八

寸草不生的马头琴上
你的声音从南方传来。游满荇菜。
我想我仍然需要虎座鸟架鼓
抚摸头顶
这根钢结构的鱼骨。
你是嫁接的广袤
我是似梦非梦的诗。
沿着交错的轨道，走走停停。
我们是希望
成为彼此路途的，无数种可能
便携的小物件
饮料瓶。
你是我鲜为人知的爱情
无可奈何的奇迹。蓝色的土地，褐色的海。
可是。我仍未寻觅到太平洋的幽穴
握住帆
拨开时辰的云雾。
河流自南而北，山川自西而东。
五月是为五月开得窗。麦田是灯，住在北方。
我崇尚着这样的循环
我爱你
沦为圆的巨石。鸽子绿宝石般夺目的颈羽。
我们之间
唯一的代价，仅仅是时间。

六十九

如果铁轨可以用来怀念
回忆所有的瞬间，
那么，我愿用躯干去祭奠它。
如果黑色的夜晚
越过了山海，
那么，我愿携回淮南的橘树种子
让它结出枳。
如果你是此刻沉默的我
呼唤着谁的名字，
那么，我愿这个名字正在呼吸
像自然拥有的
无序的花。
你可以继续解构《庄子》。接受身后
浮现的云梦。
我像经过黑夜。必须经过这个名字。
如果站台是鲸鱼跃起的背脊
偶尔的光，
那么，当你停留时，某年某月某日某时某刻
鲸群会游向天尽头
那根长长的灯绳。我会去缓缓缠绕它。
如果我拥有了北方
你是结局，
那么，我会走遍北国的每一寸土地。
我有巨大的樟木箱子
满墙的诗。
它们是我走向你，博物馆般的嫁妆。

七十

你以诞生生命的形式覆盖了长眠。
这里是我的身体
街道。
我走出玻璃窗，来到路中央。
流苏花开了。
我想和你谈谈水缸的故事。
祖父的小院里
它从未储存过水
它储存过一只白刺猬。无数个我。
那个夜晚。我去树林放生了它。放生了梦
我再未经历过黑珍珠般的
眼眸。
倏尔而逝。
你拿起汤匙搅拌着浓汤。我不想歌颂
被湮没的泡沫。它代表光阴。
我们感触过时间的
窒息。
回到同一个夜晚。你是年轻。滔滔江水。
我看到了那个面孔。
他们已相爱。
低垂的天空升起于你。
我沉入地平线。不可名状的赋予。
这里曾是我的街道
故园。
红瓦房。白菜地，紫葡萄生长的地方。

七十一

从芝罘到之罘。所以一往而深。
我的右侧是海
缓缓沉落你的臂弯。
明灭灯
三万三千支的烛力
让我决意爱上这处石崖小住。
我在崖底望月
赤裸如沙。
即刻。海包围了我。
风起
野蔷薇般的残垣
我感到接受信仰的力量，失去了时间。
天空吐出白色的风信子
在肚脐深处。
我们洞见了未来。知晓了过往。
你是石岛红
岩浆般的切口处。
一簇一簇。
涌来。再退去
未被圈禁的，越过喜马拉雅的身份。
黎明
淋着雨。打着伞。
我重又看到了它。在城市卜卦
石的隙处。山有小口，仿佛若有光——

七十二

我们是相似的。水不再揣度循环。
遇到你。我相信
与石头的重逢。
是刀刃。
是浑浊的巨浪。每一次的拍岸而起。
我触摸到这些坚硬之物。
悬空的瞬间。
是圈圈散去的年轮。当我决意共有
失去了的
时间。
对于黑白的勾勒
不再需要图腾。或是声音。
这归于偏见。《山海经》里的大荒。
日暮里。
我会进入木栈道。进入红石墙的
囚笼。模糊岁月的崖壁
你是波浪壮阔。寻觅
我们总会遗忘
足迹。
请继续
缠绕我的头发
抛入深海。它会回望，目生为亭边黑松。

七十三

我不记得了。这是千军万马的汹涌。
我在崖壁读诗。
接受雾。
天空哺育的海。海倾出的死亡。
我的声音弥散于此。
缘山——
隐匿于松塔。被荡平的滩涂。
我在山巅读诗。
接受云。
陆地生长的山。山交接的灵魄。
我的文字湮没于此。
诗人
撞响了钟
渴望成为铜鹿。龙的须。
你还会继续钟爱吗？这道重门。
我想向你描述这间书房
这里是旷野。
我目睹
太阳西沉。
仍旧清晰的轮廓，从火红变为暗红。
我们终日沉溺的。这纸褶皱。
风来，雨来，遗忘来——
这是荒僻之地。
另一个我，会迎娶他的新娘。
倘若月亮
偶然。降落木亭。
那里将是记忆。我们的起点。

七十四

我应该诚实。面对似螺的蜷曲。
我们每日饮茶。
有时。它会被通向坟墓的尖矛搅浑。
我无可奈何。
只能捧起金装黑纹的虎。走进螺旋桨
轮回的水。
这里有搁浅的布鲁维斯号。我梦到船锚。
滑向柔软的沙地。深渊。
这是另一种惊涛骇浪。你与残缺的面孔相遇。
保持对于寂静的痴迷。
我的隔壁空荡。
不知不觉。这些空荡
蔓延至我的屋顶。进入我的身体。
成为二〇二四的石碑。
我们从石头
开始寻觅。
拨开血液，庄重的山。与时间的肌肤之亲。
统治于此的
是无休止的
铭文。
它长出了枝丫，昆虫。低空掠过的燕子。

七十五

幻想另一种生命的形式。
我定居缘山。
与旷日持久的沉默为邻。
你躺在床榻。我的
心脏的长夜。
我们。
已经辨别亿亿星辰
只保留光。去挑战亘古。对于黑色的感觉
孤独——
我明白你吮吸过的
土地。
人迹罕至。
我们反复关上一扇门。再打开一扇门。
短暂的
目光碰撞中。
我会献出处女的贞洁。北方，石老人的大海。
以《诗经》的低吟
递予的。所爱之人，手中的玫瑰。
致明日的普鲁斯特。
请让我踏入
重复的河流。再喟叹逝者如斯夫。

七十六

请赐予。紫色闪电，赐予我的今夜
和注视有关的故事。
流淌于记忆的你。
雨水再次覆盖街道。幻影的蔓延。
我们之间的距离
并无不同。
当命运决意移动脚下的罗盘。
世界只剩彼此的影。
这是漫长的
时辰。
雨滴坠落水坑。古老而忠诚的姿态。
溅起的回声。
昏黄
如初的街道
敞开我的身体。雷声滚滚。
你抽身而去
升起月亮。极光。
陌生之地，隐匿的无数种声音。
我们清晰地见证。
每一次的猝不及防。天空正在告别——

七十七

退潮了，红礁石裸露着
天空的边缘。
海水匍匐。在遥远的陆地。
我听到汽笛
短暂。
如停靠的归程。这里的蓝
动人心魄。
这处狭小的海滩
有无数个我。
浪的漪纹。
星星还未点亮童话。我陷落沙堆。
如果还有什么。
那便是未铺展的夜。未显露的雾月。
隐于纸。
望不到的你。
这本浸于沙砾的诗。黑色的玄武岩。
北纬32度的
苏萨。
原本是门。
一个男人。一个女人。一种法典。
降临的
一千零一夜。
我仍会以白色的蛤蜊。生长于你的背面。

七十八

雾已延续多日。你推开窗
无数瞬间的雨滴
坠落。
当爱开始湮没。
你是心室的收缩，复归往昔。
岛城的天空是块蓝镜子。
南方。
悬挂的此刻。是星星的光。
生长于爱人的初始。海的日出地。
当世界洞悉浪涛。
他们也会看到命运。钟情春秋。
一片树叶的
起落。
灵魂的叩响
是这纸肉体的盘根错节。古老的松木。
你在黄昏讲述黄昏的事。
并不特别的死亡。
帛书容纳的质朴物。沉默的即刻。
你是我的
另一处。
不可及的远方。
去往缘山或是远山的细节。
告别。
再等待。
明日，只是历史的追近或重建。

七十九

如果我决定注视。你是我行走的记忆。
我手握黄昏。
再交还——
逗留于榕树的枝丫。蜗牛的黏液。
沿着年轮。树的垂立面
蚂蚁的盘旋。
它感知的人世间
和你我等同。
和所有的轨迹等同。
路口。桥的支撑。西兰花的葱茏。
我捂住耳朵
你成了风。身体的无数种循环。
我想象着
或许。你已离开深海。扁舟点燃了缘镜。
但愿记忆只是轮回
去往唐。
你成为词。对话中的鱼群
跃出的水面
孤悬。
在空谷。
意义的码头，归于坞。
没有船儿会收割远航。我将停靠
视作缘山开端。
有时候
你在我对面，我浑然无觉。
有时候，你还未闭上眼睛，天已经黑了。

八十

时间来到了这里。以始料未及的过程
由雨滴冲刷车窗的即刻
诞生的缘山
伊始。
拒绝过乡愁。群山的歌唱。花蝴蝶般的
丛林。
甚至对话
它得以无限生长的，细胞的分裂。
我常常冷漠而决绝。
将冒险——
面对孤独的恐吓
视作另一种命运的，自由。
我从未将你
视作可能。
你是必然的，另一个我。
永远向前。
永远无法抵达的彼岸。
拐过这个路口。走下浅褐色的石阶
那里有座方方的
庭院。一株蓝紫色的绣球树
弥漫过城市。
黄昏色的街道。闷热的汗珠。
我们。对于幸福的种种尝试。
你是灵感。
我寻找到生命的意义。
这是悖论。
在二者的天平之上。似曾相识——

第三辑　墓碑

更多的黄昏会逝去。更多的黎明会归来。
我溺于存在之河
测量生命之重。
褶皱。
这灰蒙蒙的玻璃。是擦不掉的时间。
六月。
将开启的城
视作走进，再走出的人间。
我会敞开缘山。你递来告别。爬山虎墙垣。
距离不远的地方
是世界。
我会对称之为形象的命运
进行钻石般的切割
置于此。
四周是镜子。
也许，你会看到
这是迟疑而必须斩棘的路口。悬挂着
迷茫、期待，绝望的
所有的注视。
和吻。
我们会重逢。
文字游于纸上。你游于我。
诗。
是孩子。是爱。
是先于我们。自己的生长。

写下日记时。请相信，你并非孑然一身。
我从未见过时间。该如何区分
过去和未来？
你正做着为一切未知所做的事。
金字塔。背靠的历史。
光滑的石灰岩饰面。
已荡然无存。
4500年前
梅勒往返于图拉和吉萨。运送石块。
早上起航。驶向阿赫特-胡夫。
晚上在祷告堂过夜。
当你打开纸莎草纸。闻到芦苇
落在海上的日光
你会确信。
开启。
来自世界的召唤。
这里流淌着法老时代的河流。
金字塔是否会离开陆地，注入大海？
你是生命两端之间的褶皱。
被运送的，岩块。
人类是相接的
日日夜夜。
折线图。
我用这里的墨痕。
拦截了多年后。梅勒运送的稀有金属，绿松石。

八十三

长城是你的。尼采是你的。逝者如斯夫是你的。
你的所有是明日的。
黄昏时分。
方块的名字堆叠着。石头是血肉之躯。
被太阳曝晒过。
这干瘪的火。或是三叶虫的翅膀。
偶尔重生。
降临。
发生于牧场的牛羊。咀嚼的青草地。
只身涉险。我是卑微的母亲。接受胚胎。
吮吸生命的
循环。
你移动茶杯的位置。添置新的一天。
“请带我去耶路撒冷。”
我喜欢海的升起。有时，它比月亮更明亮。
还有些什么在沉睡。
亲爱的牧师。你是否听到敲门声？
门开了。
没有人点燃炉火。
夜晚拥有匕首。我拥有你。
拥有雪日。拥有周围的，黎明漫漫。

八十四

如果我执着于诗。请赐予空荡的子宫。苍白的血。
灵魂之外的富有。我毫无兴趣。
哪怕永生。
拥有对抗轮回的强大力量。
“请相信你的耳朵
这是崩塌。”
我看到风吹动树叶，与我看到镜中的我
重叠。
这令人惊讶的交错，总在发生。
遇见是这串摩斯密码。
返乡——
你走了很久，走了很远。一切都成了历史。
可我们是初见。
你是我生命的褶皱。我是你的躯壳。
所有时空。所有走过的。
亲吻后渐渐潮湿的脸
仅仅是为了灌溉它。回到循环
去唤醒你
写下，
我们拥有的，熟悉却常常否定的曾经。

八十五

倘若我信任生命是瞬间
我们便永远地拥有了永恒。
你是去往时间的镜。又翻折过天地
夜晚的黑暗淹没了所有。
我无数次的回返
你带来的雨。
雨在漫延，铺满人间。
当我注视它。你正注视着我。
这短暂的。仍未干涸的雨。
是作为今日的
生命。
“这黑暗既非来自无月之夜，亦非来自多云之夜”
而是来自沉寂的岩浆。我们
与风吹起的涟漪。
散去——
你我之间。只有雨。
这面总会出现的恩典。太阳升起时，消散。
我是否应该触摸你的脸
再牵起落日的
缰绳。
我同时拥有了黎明与暮色。
这辉煌的停留。
仅仅是雨
源自雾。
爱以命运的方式完成自己。这寂静是面孔。

八十六

我试图吞咽生活。它却让我交出自我
再归还躯壳。
面对你。我难以搁置工布江达。
转角处开阔的草原。
风在四面八方。
五年后，傍晚的降生。
我理解了风。
为何停留于凹山谷口。
它心动的地方。是初见的久别重逢。
这是来自缘山的信件。
如果文字消失了，历史也就消失了。
那座城还在。我确信你还在。
毛芋头的点状环纹是风
它包围过我。
周边辽阔，裙裾唤回河谷的羊群。
那时正是盛夏。
七月的坞停满故事。
我闯入深海。
是风。是城市。是伫立的路口。波涛汹涌。
我带走了那个名字。
图绘成旗杆。
我记得所有。西南边陲，深埋于风的小城
给遗忘的，
永无归途的昨日
是生命给予的此刻自由。

八十七

当我逗留于繁华的街道。我踩在人生的虚妄。
我听到所有的声音。
又关上窗。
我去写诗。为了面对月亮时
不至于卑怯。
它来自这里。茶匙触碰杯壁的回响。
杏子落在暴风雨夜
金黄的颜色。
这笼罩着我，像是被风翻过的纸页。
覆盖了灵魂。
面对透明的眼眸，我们是被掌控的河流。
太阳落在草原是黄昏
草原收起了落日，这是回忆。
不可思议的，是亚里士多德的修辞学。
这座庭院，
拥有巴别塔。
呢喃的，激昂的。由文字砌筑的
通往一切的路。
星星降落在黎明。时间开始深深的怀念。
我们是船舱。雨滴的斜落
闻所未闻
意义的闪光——

八十八

如果赋予七月颜色。那一定是河流。
闪烁着蓝镜子的光泽
像羊湖
我不断靠近
却从未碰触的处女地。
砖红色的栅墙上。我行走于边缘
从未怀疑海子与天空之间
保留注视的爱。
这唯一留存的，曾经寥廓。
寂静的缘山
你是我的自流河。藏于身体的足迹
走过荒凉
乌鸦般密集的高山漠土时
我想到——
东山顶上。低处的藏波罗花
你的记忆
我接纳了一切。
烛心的烈焰。门前，蔓延至天际的爬山虎。
人间的雨后。
我们是灵感降生的清澈。
一滴水，从叶子边缘。坠落的重量。

八十九

如果没有诗。生命的长度将令人绝望。
我看到鹭鸟的跳跃
在湖畔。
你是我存在过的。黑夜的眼睛。

九十

并不是因为我拥有爱，你恰好路过它，
而是因为你，我交出爱。
这里全是雾。
我在等。
等雾散去，那个熟悉的面孔。
沧桑的。艰难的。堆叠的
皱纹。
如沙沙作响的纸张。
这并无不妥。
文字将我们封锁。符号将我们封锁。
我猜想。
这是必然的某一日。
给予缘山最后的玫瑰。回响。
那座身体遮蔽过星空，倾覆过陆地。
我升起明亮。如红的光
天上人间。
河流会枯竭，再于顷刻间溃堤。
这是我们的汛期。
一滴水制造的
流言。
笼罩了一切，这干裂的时代。

九十一

雨。是雨。还是雨。悬挂于玻璃窗上的
我用双手擦拭的
面颊。
已途经尘埃。
当你用七月形容降临。
降临是人间，所有的七月。
我打算摧毁远方。再重建“远方”这个词。
用经过的哈尔滨路。桃子，毛茸茸的皮。
我拥有这枚未曾丢失的核。
天地之间
像合上的文字。
去接受月亮，此刻正在做的事。
创造河岸上。裸露的石头
让我们寂静地
躺在这些巨石之上。
躺在无穷无尽，遗忘的河流。
这并不流淌的
麦地。
世代生长着。
留在村庄的信仰，镰刀的崇拜里。
向着黑夜。向着潮湿而断续的
二〇二四。
堆叠记忆。我并不在意
它打算横渡黎明。或是宽恕。或是死去。

九十二

我用生命的另一端
擦拭七月的
汗滴。汗滴是我们未曾淋过的雨。
穿行而过所有的雨
抵达泥土。
你是忽隐忽现。被风翻折的帘幕
预留的光明。
鹅毛般的臂膊沉默在时间之河。
你是循环。
更加汹涌的水流会覆盖所有
我们终将沉没。
像是经历战争之后的寂静。我看到寂静。
在水中。品尝到疮痍和甜。
你找回历史。
请允许这些透明的词汇失去边界。
我希望窗外的珙桐至少拥有半个太阳。
这是瞬间的包容。
她面朝下躺在草丛中。伦正在做杜鹃花插花。
生命是这袭长裙
拥有无与伦比的色彩。同时拥有褶皱。

九十三

我就在你的身边。你应该确认这件事。
提着白色的裙摆走向海边
潮水覆盖了我。
不断涌来的，是初醒的梦。
我是我渐趋深陷的沙子
时间。
吻过我的面颊
沿着石老人。
四个夜晚。
我用永不休止的海
冰封。不为人知的，命中注定。
它矗立着波澜。
递给深去的蓝色。
天空难以挽留的，鸟儿曾留给黄昏。
这样的日子过去了多久
我记不得。
一分钟。一秒钟的目光。
我愿用世纪形容它。如果将我圈禁于缘山。
穷极一生。难以抵达的，我仍会期盼。
也许。诗歌不得不接受语言的强暴
像生活一样
作为诞生生命的途径。坚固而野蛮。

九十四

我捡起所有银杏叶。回到沉没的秋日。
我已写过秋日。再留下
黄颜色。
你看过落日吗？
天空吻过人间的额头。梦里，黑暗是慈悲。

九十五

我毫不犹豫地走进去
并不打算触碰任何人间的机关。
只是因为这个身影，
同样孤绝。
缘于尖耸的顶梁。或是繁茂如枝叶的袒露。
我并不知晓
这样清晰的跳跃会燎原。
那颗勇敢的心。血液赤裸于肉体
再野蛮生长。
我只是众多幻影中的一个。
随着潮汐。
被推置海岸的夜。
月亮升起来了
我坐在岸上。望着身后茫茫大海。
我在这样的雨中遇见你
被打湿的缘山
是永存的
梦。
我反复确定的不可逝去。
是所有的瞬间。诗挽留住了一些辉煌。

九十六

去到九月。火车驶过胶州湾的弧畔
大海遇到她的拐角
埃及。
也许生活并不疲惫。银杏叶挂上金色的裙裾。
我从未如此渴望秋日。
连同灵魂
趋近梧桐色。
我熟悉你抬起头颅仰望的夕阳
是无数倒影。关于你
消失在黑暗中。
我看到窗外的刺槐
枝条笔直。树叶稀稀疏疏
每当风儿吹起，我总会目不转睛注视着
生命摇晃的方向。
这古老的仪式让我回忆起
你的吻。
竹影浮动时
这流淌的。同时流淌于梧桐色的出口。
在无人涉足的
灵地。
我们用许多黑夜
编织出那顶光明的帽子。作为初始的宇宙。

九十七

我记得每一片雪花的样子
你亲手交给我的
冬天。
黑夜留下的诗。
是比黑夜永恒的，雪覆盖的霰。
常常据于每一生命黎明的
起点。
成为水滴
蔓延至命运。我未穿梭过的街道。
孤独的边界线上
风眺望的草原。是禁忌的打破。
冰岛南端一带
呼啸的海滩。存放着年轻的秘密花园。
某一天
我看到日记本上的故事
你的奔跑中，镶嵌的蓝宝石。
关于探寻。
你称之为梦想的确定的感知。
文字是记忆的符链。
它将继续歌颂。
时间，已作为慷慨的赐予。
当你手捧世界
走进这里。
我深知
这死去的，
或是将要死去的，是完整。
我们是相隔世纪的回响。仍有很好的月色。

九十八

当你信任孤独。世界是盛放梦的花园。
白昼走向暗夜时。拥有了
黑色。
这易于得到的
令人渴望又可怖的终极。
黄昏时分。
我会偶尔回忆起西康路的那幢小房子
高高的台阶上，这样的黑色
一去不返。
再次苏醒。是在禾木的木刻楞
我将苔藓塞进木头的缝隙
望着窗台的薄雾。
此刻的生命
是门外的草原。诞生在凌晨四点。
我第一次被远方呼唤。
来自马儿的嘶鸣。它们要去往白桦林。
像是风。
穿行而过我的骨骼。
我又一次迎接了白昼。也许
还有无数个白昼。
但只有一种透明的际遇。
被定义。终又归于自由的。我们，将时间经过。

九十九

我们活在同样的漩涡。守望文字
像守望城。
将鲜血输送于古老的脉搏。
此刻。生活还未完全消失。
布满井盖的街道上
泛黄的白桦树叶。覆盖了半个夜空
隔着磨损的玻璃
我认出从前的时代。
这座城。灵感从午餐肉罐头启开。猫的蓝眼睛。
道士的漂洋过海。夏秋之交。
或是红。
流淌于炮火与柔软的石老人
作为使命的诞生。
也许今日。也许明日。
却有不死的记忆，搭建起无物之城。
这里矗立着数字的高塔。
梦赤裸于无性的沙漠
繁衍。
“这像是久远的故事。所有的，早已永存。”
或许，这是狂欢，幸运的事。
可我经历过倾泻的大雨。
我走进雨中。
我是一个淋雨的人。真实的雨滴正在西沉。

一百

霜降仍在。昼夜仍在。时间仍在。
所以我相信楼兰仍在。
我们终将埋藏这个世界
如果我们信任花开。
我们终于建立这个世界
如果我们保留春。
被一切未知许诺的空乏其身
是流浪世纪的图腾。
去斩断海。
陆地便深陷水中。
葬身时间。
时间只是时间堆叠的雾。
于是人类是祭奠。诗人皈依盲眼的遗忘
永恒——
我们如此清醒地球仍在旋转。
这两手的跌宕。葬身火海，又繁殖出鱼群。

再没有什么是静止的。
书柜，诗，茶壶的盖。烟。
金黄色的地毯。一根火柴未熄的火苗。
过去与未来之间
它们成为流动的黄昏。我看到背后的影子
源自隐秘的爱人。
摆脱了秩序。我的命运罗盘。
从故事的远方到远方的卡片
堆叠的图绘和叙述。
走进门内。
每一步都是回眸
我把世纪和重复的结局交给你。
每当我想起这里，血液总会倒流回月色。
黑夜是黑色的潮水
排山倒海般的
空。即刻涌入了我。
我开始理解星星的沉默。
终有一日，缘山会流出最后的泪。
作为遗忘的
冰岛——
我希望我从不涉足这块岛，仍满怀希望。

一百〇二

黑夜醒来时。你在梦醒的窗台等候。
仿佛窗台有光
我可以看到那个面孔
却不曾喊住他。以使他停留。
这里的长度难以衡量。
当时间落入黑夜的玫瑰，黎明便失去了颜色。
徘徊于永无止境的尽头
我是迷失的岛。
漂浮于茫茫大海之上。
许多次。像是即将靠近岸边
却又失去了靠近的勇气。
这样的感觉随时可以吞噬
任何瞬间的我。
这比星星还要繁盛的闪烁。忽远忽近。
我是沉默的，不善言辞的
停留。
她正缓缓走向天边。
如果一定是黑夜。灵魂会在每一处黑色的落笔
戴上金色的冠冕。
你是启示。
这具疲倦的躯壳。被吻缓缓唤醒
所有的雨逆流回大地时。天空在我们的怀中。
这里仍旧是黑夜。
你把我交给了雪，通往光明的虔诚。
我是否应该向前？
又一个黎明时，带着黑夜。
在未来的某个路口，捧着群星的心跳。
我曾讲述过的，我们之间所有的，沉默的秘密。

树叶的尾巴变黄了。我把秋天渐渐涂浅了。
我还未想到走下台阶之后发生的事。
从远方回到近处的纸页。
是否陷入匆忙？当我走进
即刻被包围的
街道。
我想起了你。将月色关闭了三次。
黑夜也被关闭了。
我感到自己融入了你的心脏
去流浪，寻觅。
没有尽头。
我尝试着越过同样的山峦。书架上堆叠的
报纸。
从发霉的文字上
复活每一个具体的日期。值得被纪念的。
它们安睡已久。
属于明日的时辰。我常常抚摸过昨日。
我相信我们正彼此注视着。
月色牵住了双手。
凌晨的海。
一望无际的静谧，流淌着风的鳞光。
我渴望过
我们曾漫步。
重逢高悬的月，石老人的海。梦的起初。

一百〇四

我拉开又关上同一个抽屉
那枚锁掉落在地毯。太阳神般的花纹，在绽放。
拧紧螺丝。
竹林的缝隙处
仍有低垂的竹叶。预留风的影子
时隐时现。
躺在窗户对面，关上灯
顷刻的黑覆盖了我
缓缓升起的夜幕。
月光无处躲藏。闪烁着，蓝宝石般的海
我感到所有破碎的光
都在吻我。
我开始用沉默写信。给湮没在寂静的等待
此刻被称作幻想物的
精灵。
还有未提及的
瓮中碧绿的荷塘。来时，途经的碎石子路。
直到我走下台阶。
起伏的
生活延长了记忆的转身。
你曾在雨中停留。目送隐匿于时间的回眸。

眼泪在眼眶打转时，我常常觉得
这温热的循环之物
是你的灵魂。
停留在缘山的城。当我用怀念抵达你
我打算宽恕时间。何况人间。
我无比眷恋
赤诚而热烈的瞬间。哪怕只能用灰烬温热。
似现实般的，正在经历的命运
已是选择。
和所有的梦一样
被记忆眷顾的
此刻。是正在触碰的西府海棠。
我摘下果实
从未想过，它是从哪一个夜晚开始吐蕊，成熟。
这样的夜晚已经足够漫长。
同一个故事里。
我感到生命平等的壮阔。
似诗。为繁重的人间背负了重枷。释出天堂。

一百〇六

我还未触碰永恒之前
我还未安排，傍晚的餐桌上
是比萨，还是南瓜粥之前
我打算先确定
我爱你。
接下来的一切。只是对你的诠释。
爱以完成时的状态
发生。
如同时间
乐此不疲的历法。被描述的昨日或明日。
这个女子黑褐色的眼睛
正目视前方。
落在缘山，忽明忽暗的光。
世界被送至她的面前。
这是堆叠的纸张
堆叠的消息。
我无法像纸页一样，成为你的章节。
倘若秘密是仁慈的。
我愿成为卷轴。
深陷囹圄的理想。或是泯灭。
让所有无人知晓的，都成为繁星。
星星睁开眼睛时。
孩子们会点亮幻想的辉煌。

你找到落日了吗？我在秋天深去的梧桐里。
当时间在身体无止境地流淌
磨掉来路的
跌宕。
我宁愿这具皮囊弯曲。装订起一万片雪花
飘落的循环——
那个明艳动人，胜似春朝的风中凛冬。
忠诚于本世纪的生命历程中
你是唯一的波澜。
我知道文字。只是漫无目的
黑夜的扩散。
倘若将扩散命名为洞窟
在不切实际的原野。
有梦
凌空生花。
你会带我去那道小门。拥有一百道墙垣的
手抄本。
因为叙述而诞生。
你吻过了缘山。岛城就是我的阿芙洛狄忒。
明日的光仍旧清晰。
我会经过抚顺路巨大的转角。日落时晚归。

我的耳边。常有灵魂的草木生长
竹林的雨声，你的呼吸
嘀嗒——
倘若十月是旅程。它让我想起卡瓦格博峰。
望向海岸。
经过漫长相伴的
神女峰。高山杜鹃会开向下一个千年。
当月亮越过生命的屋脊
你越过梦的虚构。
唤醒意识的高原。声音随河流蜿蜒人间。
背倚黑夜。
风独行而过，马儿的疾驰。
我看到那个面庞
缘山是一览无余的世界。
漂浮的海。永不凋零的秋叶。不愿轮转的冬。
我们的造访
是书页的偶然翻折。
让巨型云团踏向流浪。这宇宙原本属于漂泊。

我渴望
世界是巨大的空旷
生命终归不是摩肩接踵的荒凉。
风已至。
秋是浮出海面的云，随海浪搁浅。
我拾起云
它变成梧桐。划过这趟未成行的车票。
我挥霍了许多。
我挽留了许多。
将要诞生而接续模糊的记忆。
北方将秋叶装订成册。随岛城的涟漪出售。
转入怀中的秋
是诗人的三五知己。
还有战斗。爱。纳入传承的，古老月亮。
这座繁忙的城市
我准备过街道。
等待黑虎虾，坠落最后一滴水。
我知道它的干涸。只是每一日，黄昏色的标本。
你不在城市。
你不在故乡。
我们在时间的交错路口。像遥遥无期
这个词汇的漫长。
黑夜折去了黑色的翅膀。
星星开始发光。去辨别你的方向。

一百一十

该如何去描述这个名字的倒影。
逆锋起笔
而横折。
从象形文字开始的图绘。或是奔跑的草原。
直至光。落在窗外，倾斜的
红瓦檐。
我们看到同样的太阳升起。
二〇二四。秋分的傍晚。方形条桌前
灵魂拿起汤匙。
盛出猕猴桃透明的籽。仍有颗粒状的光泽
挂在藤蔓。
爬满光滑如新日的胳臂。
我看到瞬间
掠过。当手心只剩半副空荡荡的壳
记忆
还未开启。
请不要叩响门扉
我的爱人，正慈悲地望着天空。

我不再惧怕死亡。缘山出现时
所有的人间
一纸便可寄往天堂。
倘若醒来，凌晨四点钟。
我希望去谈谈
城市——
街道不是目的，记忆是未舒展开的寂静。
如果我看到花开
那么，我已经看到过一株蓝紫绣球的盛开。
我仍然深爱着它
从未绽放过的。很久以后，了无踪影的。
岛上。
黄昏时分
我看过许多场日落。
从未留住半分夕阳，或是红。
我是我破碎的菱形砖石。途经遗忘之后的平整。
我终于寻觅的
是世界。矗立的一面镜子。
我在镜中看到完整的牧场，归来的，牧人。
雨后。
伊犁河谷东端
褐牛会发出咀嚼青草的声音。我听到破碎
我再次听到的唯一声音
是循环。
生命的仪式——
你是群山之间，升腾的奶白色迷雾。

一百一十二

我明白。由沉默矗立起的墙垣
是孤独。
是太平洋的倾斜
是残荷之上，滚落的人间晨雾。
我偶尔恐慌。
海正在悬空。命运是下一行空白的文字。

我感到橘的香气
流经骨骼。吱呀作响，沿着交错的铁轨。
深灰色的石子上
北方是浸于江淮的暮影。你是弥漫的东方。
合上灯盏。我们是河流
被余晖稀释的
荒野。
我铭记了黄色，红色，黑。途迹。
直到夜色低垂。永恒的
你的面庞。
我的灵魂是一条透明的鱼。藏在眼睛。
它不再挽留时间。
用回忆
攀缘大地，天空的繁衍。
我更信任等待。
并不逊于这趟列车的呼啸。
倘若生命是赛里木湖
冰封的蓝色气泡。
瓜洲古渡。将为你升起春江花月夜。

一百一十四

记忆是鲸。时间是沉落海底的枯骨。
鱼。
这座五边形房子
不规则的窗户抵挡了真实。
这里不需要空气。不需要灯点亮壁橱。
转角延伸而下
潮水叠起。似未出笼的野兽。
我想起归来。
宋人邂逅的姑苏百桥。卷起的《梧桐雨》。
乌云飘过耸入天际的书房。
雾散去。
黄浦江的水。沿着川西陡峭的山涧
向低低的河流
汇入尘埃。
蘸一滴江水。满城倾泻的晚秋
只发生于你我。
却不属于此刻。十月的午后。
我强制封锁过这场注视。试图凿碎鱼骨
没有思考自由。
最初。
人群是光影交织的瞬间。
灰色的云遮住了窗帘，你在寂静里呼吸。

一百一十五

我需要这条蓝色的河。流经你的注视
结为晶体
盐——
仿佛未安放的意象。我们在空气里接壤
以更加日常的方式接触。
故事可以启走晨昏。
带走青涩，埋葬的花蕊。
我相信
这曾是许多个昼夜。
当我爱你时，我会捡起所有滴落的汗珠
置于露台
晾晒。
穿过狭窄的橡木廊道
将这些或延长，或压缩的时间收纳。
归于生命的褶皱。
我走进过冬日的海，并未感受到凛冽。
风在心上。冰封是瞬间的事。
盐比水更重。
我不再感受璀璨。更不会被暗影恐吓。
它有什么意义？
这是你经历过的那片天堂。
从故事到缘山。
为了雪花飞舞的瞬间。
从深海到岸上。我在月下，披着厚重的外衣。

风吹得滚烫。宇宙偏爱荒凉。
太迟了。
寂静填满了胃。
未写出的，未证明的，未经过的某处海滩。
我把四周填满了诗
仍有目光，从撇捺的缝隙
潜逃。
我不想做任何事。
死亡是生命的先驱。如果必须和时间告别。
你不存在于任何地方。
涉及触碰的
与真实相关的一切。
灯。
灌满了伦敦的雾。
岛城不需要草原。当黎明掀开海的头纱。
来不及的瞬间
我会翻开一千零一页。邀请寓言
浮现。
黑眼睛的马驹。在哈萨克牧民的秋日转场。
近似的
并无穷尽的
每一行短诗，我们不在书中。

一百一十七

世界开始变得渺小。宇宙是针的孔眼。
时间穿引而过
我不确定接下来，它该缝补哪颗星球。
如果是一株蓝玫瑰。
它将永远缄默。缄默是语言的流淌。
这里也是晨昏。
斑马线上。
记忆是红绿灯的闪烁。人们向前或等待。
你包围着我。我面对的是规则。
诺曼底公寓的船靠岸了。
仍在华山路。
我们准备上岸。
你回过头望着我。仿佛沉默的吩咐。
诗人是疯子。
疯子和疯子在一起是幸福的。
所以，我会把时间熄灭。让它永远空洞。
月亮的光
赋予众人。或欢颜，或悲哀的眼睛里。
你对我说了什么
我记不清楚，这是哪一日。
金桂开花了。上海送来海上的这座城。
你的气息
让我目睹角落里的白房子。拉毛墙面的热烈。

一百一十八

我溺于蓝色。太平洋清醒却透明的深处。
华山路上。有趟雪色列车。
坠落。
我们驶回港口，一万座太阳东升之后。
这时
窗外下起雨
汽车经过时的车灯，提醒我下雨了。
雨滴
落在玻璃上。
人间是被刺破的窗。放出了梦。
桌子上有杯胡萝卜汁，一块无花果比萨。刀叉。
我想起岛城的大理石山花
在胶济铁路边缘
凸起。
我的鞋子沾满泥泞。戴着粉色帽子。
你的灵魂在我的乳房上方。
那枚圆形胎记。
这是不是命运的烛台？
有人在读诗。
我们会点燃缘山，两万盏月亮西沉之前。

窗外是巨大的喧嚣。施工声，金属的轰响。
你在谈论爱。
将瞳孔，眉毛，鼻子的弯曲。钉在信仰。
博物馆里。
毁灭
肉体的忧郁
诞生在黄金铸造的玫瑰花园。
欲望囚禁过指间。爱与被爱是种悖论。
你在确认爱。
我倾听过你的昨日，试图被宽恕。
我沉默在灵魂
另一属地。
我尊重的面貌。带着胆量游荡。
爱是有限的。
即便将生命制成标本。
真理是从无限出逃的公主。已故的风雪会复活。
事实上。我不知道你打算写诗。
我只想带你回到这里。
作为逃难者。
可是，
你摘下了薄荷。我喝过这杯薄荷茶。
爱与爱之间
我并不介意与你昼夜不息。

一百二十

这是接下来的几分钟。凌晨之前。
饼干。《诸神的黄昏》。写完这首诗。
该如何去描述悄无声息的时光
十二月。石老人边缘
陆地陷落。
蓄满海的坑洞
模糊的自己。拭去尘埃，让面庞清晰。
很久。很久。
生命是孤独的。
当一个人拥有胶州湾的三百六十五场日落
黄昏会倾斜。
你正抚摸猫的肚皮。
你正接受邻居的馈赠。新鲜的鱼。
你正目睹灵魂出走。灵魂是被瓶盖刮去的鳞。
这是密集区。
我盯着昨日。昨日已将我抛弃。
我将自己置于集市。蔬菜，无花果之间。
企图生活。
命运是透明的。灵魂是透明的。
生命在透明与透明之间，已然真空。
这扇门可以成为诗人。
漆皮在脱落。
我撕下脱落的漆皮。仿佛写完了这个故事。

第四辑 雨滴

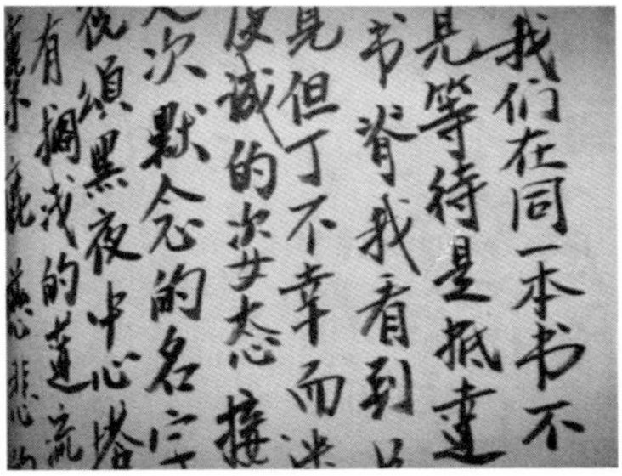

我的内心仍有波澜。涟漪渐渐清晰
这扇门后，你也是清晰的。
你会拥抱不眠的昼夜。
人潮。
路灯落于文字的灼热。
像是冰山的骤然消融，成为温热的泉眼
你的面庞将我包裹。
我们之间没有再发生对话
也不曾注视。
沉默是语言的抵达。
靠近信仰的本质。
回到毛衫的灰绒毛
羊群生长的草原，以及辽阔。
你的枝丫蔓延至我的血液
在流动的方向
繁茂。
一切来到最初。两岸仍在静止，仍在蜿蜒。
行道树斑斓的叶子
是秋的占有。
是眼角处
雪山玫瑰的和煦。倘若你听懂了她。
我将自己隔离在意义之外。
任凭窗户摇晃岁月。
诗提醒过我
我还并未离开。

一百二十二

我经过打烊的面食店
获得崭新的粮食。
以卷帘门的方式。命运隔绝了人群。隔绝了街道。
当月色被生活浸入湖底
十五日后。潮水会将满月推至海岸。
生命是一场打捞。
以己身为器。
再浮现。
水是重的。风是重的。雪是重的。人在流动。
我记得晨间的湿草垛。涧流之间
马蹄声哒哒作响
北去。
清凉的光。将海拔四千米的高原松绑
我没打算呼吸。
我只是凝视。
凝视草的诞生。生长的草穿透了死亡。
被太阳普照之物正在下沉。在土地上自由。
秋天。
我会拾起一片银杏叶
它越过高山。
我们是距离的消亡。黄昏般的声音。

岛城入冬了。在冬漫游的地方存在。
像是石头。
像是堆积的枯叶。
像是人群。当他们拥上街头，走进清晨。
仍有许多的明日。
去唤醒生机。
我是梧桐叶无序的边缘，在晨昏斑驳。
我们的灵魂偶尔现出。
你开门的即刻
在风口。
你是否听到教堂的钟声？时间打上了结。
你扣起第一粒纽扣。
我站在世界末端。
专注于鸽子的回眸。记忆开始变老。
我无可救药的爱着所有瞬间。
却不得不承认这是命运的革命。乌托邦。
我们在巴别塔之园
储存过种子。
他是故事的纵深。面对思想的忠诚。
你出走时。
梦推倒了房子。
肉体只是街道的空荡。意义的荒诞。

一百二十四

人声鼎沸。他们并未在我的生命留置一撇。
我又宽恕了昨日。
它保持着空酒杯般的光泽。朝向太平洋
延伸的蓝。
你当然会带走我的身体
所有的铆钉。包括与灵感衔接的漫无目的。
我只是渴望某个故事
存在于故事。
不接受道德的虚构，或指控。
海填不满源头。
哪怕历史赤裸。我是树的根系
难以言说的宣言。
终在某个傍晚。我会看到
生命的弹尽粮绝
是这座房子的
沉默。
我将自己置身家园。深深埋入博物馆。
会有嵌满记忆的标本
在蝴蝶的翅膀上
震颤。
它驱散了现实。保留着谜底般透明的时辰。
她的记忆在那里。
我在那个灵魂看到过意象。放逐了世界。

这是冬日的刻度。距离漫过叶片边缘
凋零。
乌鸦并未出现。
我拿着一摞诗稿经过燕郊。
仍有断壁残垣。出现在二〇一八年的傍晚。
十一月。
我离开了圆明园。
在墙壁包围的巨大空荡里，窒息。
倘若我遇见过你。
生命不会只吹向这块石头。历史从黄昏升起。
我相信过意义。
相信墙壁会蓄满光。仅仅需要注视。
相信被空置的更多时日。拥有存在的逻辑。
这些铜币和化石同样坚硬
被赋予。
你正在发生的。我正在描述的。
当悲伤将河流蒸发。泪滴，形似虚构。
我用身体接纳世界
枝丫已蔓生
入腹。
仿佛绿色的幽灵，捕捉了真实。

一百二十六

推倒北方的梧桐。你是遍地秋朝。
我经过金色叶片的坠落。它仍未枯萎
只是选择了方向
坠落。
我听到徘徊的脚步声。在这座陌生小城
响彻。
你留下铁轨。
忠实于万物的色彩。
我们在记忆重叠处，开启周而复始的梦。
当你拥抱着我。你是悬挂的镜子。
《蒹葭》。那丛真实的芦苇
正在呼吸。
我等待着你。没有多走一步。
和这些断裂的诗
同样彻底。
我抛却对夏日的偏见。捡起凋零。
握紧死亡的拐杖。
走进墓穴。
秘密在轮回中沉睡。
我们彼此寻觅。鹧鸪啄破了黑色的泥土。

一百二十七

时间终于掠走了肉体的河流。
从巴颜喀拉到入海口。
留下诗的骸骨。
湖泊。
铁轨延伸的尽头。我看到混沌的白昼。
太阳藏在乌云背后。
湖泊是窗户。光在裙边倾洒。
我很想你。
卡车行驶在乡间的黑夜。没有月亮。

一百二十八

凌晨四点。梦成人形，再不允许梦的登陆。
目光垂落海面。
鲸鱼开始建造它的王国。
上一世纪的叙述。他们向你诵读的诗行
从岁月显现。
再离开。
死亡是真实的，记忆接近死亡。
我将时间浮沉过三千遍。成为难以重合的蜡炬。
封存入海。
倘若生命是未知。
我不需要一座空房子，昭告命运。
生活是个朴素的动词
这里风平浪静。
傍晚。
餐桌上摆放着松饼
流淌过半个世纪的距离。
我们是靠近。
当我向你讲起故事
宇宙下过一场大雨。星星变得潮湿，泛出了光。

一百二十九

我们是生活在日历本上的数字
与翻页隔着距离。
这是哪一片秋叶？随窗外的雨滴滑落。

一百三十

风卷起满地梧桐树叶向生命袭来
我锁起了秋。
路边的抽屉里，每一片树叶都被命运晾晒。
再染色。
用绳索拴起。
我们常常是置于编织袋的大多人间。
轮廓分明
仍保留着生长。
当你向我讲述巨型海带诞生史
我已在海底尘封十载
形似珊瑚。
等欲望浮出海面。礁石是我的骨骼。
你望着我。
黑夜望着我。
距离几步远的地方。朦胧的月色望着我。
这道门从现实走进时间。
我在凌晨醒来。
看雪花飘落。不确定能否看到雪覆盖了城。

一百三十一

我可以走进里院。从中山路到芝罘路。
时间是会变老的梧桐
亮起了灯。
记忆变成月亮残缺的一块
我们未相见的
时辰。
它走进我的身体。
雨滴是碎落的星星。
傍晚。我很想触摸这道黑色漆亮的栏杆
天空下
明黄的房子
坐落在海的第十一章，第二页。
你打算去吃晚餐。
你抬头看了眼暮色。城市在窗外缓缓归乡。
我该用敞开的门来纪念这双手。
让黑夜成为苹果籽
坠落。
这些故事发生在年的末端。
陆地，唯一符合逻辑的事实。

一百三十二

我的眼睛是河流。在宇宙流浪
活在记忆的回响。
被时代推至海岸的，是海藻，是下沉的沙砾。
我相信古老的事物能够抵达这张木桌。
你望向我的目光也是。
未说出的也是。
诗也是。
我们之间的距离并不遥远。
隔着几个街区
某个转身。
我们只是内容的空白。同一的赤裸中降生。
发生传奇。你在讲述蝴蝶的翅膀。
野葡萄。
锁住光明的灯。
当手掌推开树的年轮。
死亡是铁轨。
峰回路转的午后。
我在竹林。拥有感受雨滴，决定呼吸的权利
同样地。
我必须接受梦
在子宫蕴蓄逃逸的力量。打造世界的底盒。

我们之间必须保持缄默的秘密
为了不似草木。独六出的雪花的名字
霙——
在珊瑚色的爬山虎墙垣。
由故事打磨，四目相对的棱角。
从地中海启程。
在接近金字塔内部。古埃及的猫木乃伊。
在修缮的房梁，回廊边缘。
木质旋梯下的灯。
它点亮了百年。
里院。
比百年更遥远的光明的人。
在居庸关路的斜坡。遍地银杏，未走出的秋。
在北方的城。
青岛的蓝。启开太平洋的一把钥匙。
远远超出宇宙边缘
梦的新月。
你在我的身旁。文字，是献给爱的明日。
海浪静静拍打着
八大峡。
我渴望夜晚是冰晶粒子。发生，在黎明唇边。

仍有很深的故事发生。我的身体是一口井
行走在森林中央。梦醒时
周围是火。
诗歌在这里。土豆在这里。
寂静是焚烧炉。
一望无际。被碳化的，黑色记忆。
作为久远的梦
写诗和削土豆皮并无分别。
我削去了皮，再剜掉深嵌的泥土。
放入井口。
它轻飘飘的。被冲洗干净
这里有冰凉的水溢出。当生命走进凛冬。
我仿佛看到你的侧脸。
我开始切丝，但切成了条。
同样地。淀粉已经沉入诗的底部。
千禧之交。
炉火上有一锅土豆丝。
这里已是缓缓消逝的轨道。
我会铭记
土豆丝的味道。诗的属地，缘山路的你。

透过百叶纱，光落在身体右侧
打开另一扇窗。
这里仍有事情要做。
清洗红豆和花芸豆。等待它们在高压锅膨胀。
当蒸汽凝成水滴
推开门。
风铃会响起。那尾黄铜小鱼
轻轻碰击过三面的钟
瓦猫在注视。
人影。
沿着槐生长的方向，继续延伸。
生活是悬崖，绝壁上有花蕾。
我看到
灵魂左侧。悬浮着十七世纪，完整的石坊。
你拿出签字笔
在膝盖写诗。几列竖排小字落于年关。
灯盏散开地毯的弧度
是雨天。
快递员送来一束玫瑰。水滴状的玫瑰。
穷尽黑夜的花园。我的眼睛。
回到十一月二十五日。
门铃响起之前。
蓝色，在呼唤我们。意义含苞待放。

一百三十六

我重新组合了词语。在甲骨卜辞的东方
和掰开的红柚子相关
灵魂的松林。
走出坟墓。意义会将生命重新估量。
凌晨三点。
黎明连接着黑夜。梦是撒落星辰的中转地。
我站在我经历的每个路口
信任的山丘与河。
决定二十一世纪。一首诗的转折。
这颗落于掌心的番茄。
还未熟透。
被现实采摘。被寻常的货车长途运输。
它抵达了我。
仍然酸。和红柚子同样酸。
这是一种理想。
在逼仄的空间。被糖分包裹的世间的一切。
自由躺在田野。接受挑战。
酸是本质。
我渴望接近味道的诞生。画像背后的你。

一百三十七

这里有一场雪。仍在下雪。
雪落在世界背面。
有时落在黑夜。
更多的。降落的时刻无人知晓。
我们在哪里相遇。又走进这间蓝房子。
从旋转木梯来到二楼
栏杆旁的餐桌。
铜镜里的你。
灰色的大理石花瓶。一束巧克力泡泡。
这张餐桌提供了食物
牛肉。四季果蔬。两块提子司康。
凛冽的午后
这些已经足够多。
捡起的落叶被置于盘内。经过它的街道。
和时间相关的站点。
慢慢咀嚼。
吞咽。
它们的声音。像旋律。像几个音符。像线条。
归档。
光落在书页。以钝角的姿态
接纳开放的陆地。
我只捡到自己。记忆与遗忘在地平线相交。

一百三十八

我想去看落日。
去看寂静如何圈栏喧嚣。
用一场红的仪式。把人类送回摇篮。
我走向城市边缘。
寻觅它。
道路拥挤。
我常常错过晚霞。
被一场仪式缅怀的途中。像回到母体。
命运在无声中诞生。
依靠话语存活。
城市规划出街道，街道迷失在内部。
我找不到透明的糖纸。
包裹回家的路。
它藏进文明。
诗人隐匿于长句。零的符号隐匿于留白。
我们是一无所有
欲望的极限。
世界把文字诱惑，意义是复活的沉默。

我必须清楚。我只是偶然走进这里
从未预设。
它是模糊的。被雨打湿过的车窗上，命名。
经由直觉去定义
这是为数不多，我决意承诺的赋予。
像是定义一株玫瑰
一株玫瑰便是真理，使人长久屈服。
所以对话应该永恒。
持续发生。我们在此之外。
当神话搁浅。
女娲。精卫。夸父。太阳神树和乌。
神话成为空荡的枝头。
吐露时间。
你会将它创造。在更多即将被封闭的时刻。
敞开门。
推向自己
用流淌的蜡烛。金丝菊。面包碎屑。
将一切柔软之物
步入轮回。它们的触角会撬动铁的根基。

一百四十

已经邈远。看海成为十二月沉默的事。
生活是一张被织密的网。
有人逝于缝隙。
成为被修复的窟。就此隔绝。
我从未怀疑。海能够容纳灵魂的漫步。
即使偏见和声音
此起彼伏。
我喜欢踩着坚硬的石老人。退潮后
镜子般
寂静的沙地。
太阳升起于海。赤裸于无地。
你讲述过岛屿。你修饰过海浪排击岸礁。
一九九三。
冬日的罗盘。命运给予了慷慨的允诺。
你将永远痴迷。去洞悉海的黎明。
当你仍然记得旧石器时代。
南鲁山溶洞。
坠落至眉心的一滴水。
我们是空间的直觉。在流淌的东方接受先验。

一百四十一

只有一场雪，覆盖了霰。
把我们埋藏。
消融。
我梦到你。垂丝茉莉绽开了花苞
花色洒落庭院。
更深处
没有月亮的夜晚。城市缓缓消失。
我们是停留，是刹那。
在柔软的白瓣内部。关上栅门。
等待旋卷的花丝
触摸。
相隔人潮，相隔被注视的街道。相隔重逢。
必须归于日常的时辰。
海献出的。
缄默。
以无始无终，水的堆叠。纪念第七日的完整。

一百四十二

请递予来自子宫的颤动。库尔德宁的马。
你在对岸。
我的眼眸生长出故乡。
城市是轮廓
我们常常保持中空
遗失麦粒，燃烧过的麦芒。
今天是星期五。
被姓名和生辰湮没的，第五日的轨迹。
用召唤打开黑夜。
仿佛这不是几个钟头。我已结束十年的战斗。
窗外有海鸥。在栈桥的东部海滩。
梳洗翼羽。
掠过我的灵魂。
从赤红色，纤细的脚蹼。从梦的第一个字母。
从一无所知的一切。
包括昨日。
所以诗人选择了词汇。
他们信任词汇。信任由处女建构的永恒。

百年前的定义开始折返。
带着梧桐
寄居蟹的空螺壳。
送回大鲍岛的合院。石老人蓝镜子般的海滩。
岛城将生命浸于盐池。命运是电闪雷鸣。
你拒绝遗忘。
新生。
去追溯
耳提面命的斑驳。玻璃珠的弹跳。
砍削，刨平的象征主义碎木
搭起里院。
我只是重游。人群打开历史绘制的地图。
把街里视作月亮。
会看到门槛上的猫。晾衣绳，盘发的女人。
你用未泯灭的记忆
接纳漫长。
孤独诞生的刺。
纪念物。故事复现的征兆。
城市不是废墟。
黄昏会覆盖另一场黄昏。我看到酝酿不朽的金。

一百四十四

当我决意用炙烤的橘皮，碾碎的牛油果
一柄闪烁着金属光泽的抹刀
写诗。
记忆以同样的方式抵近我。
随之。
你抖落香气。
回到蜡烛的烛心。路过人间。
“人的蹂躏和城市的倾圮。”
我抟起烧焦的
灰烬。
阴天傍晚。身处泥泞，望不到边际的橘林。
我不曾耕种，剪枝。
我注视过。
它是否成熟为黄昏。
长满水草的河塘边。倒映出深灰色牌坊。
我们距离遥远。
在必然衰老的面孔中，倾诉过灵魂。

傍晚是汽车尾灯的红。现在是左拐的黄。
生活交替。
并不影响看天空的人。数第六颗星星。
走出咖啡馆。
巨大的裂隙包裹着我。整排牙齿。
咀嚼。
从凛冽的风到排骨。
身体是隧洞。
经年累月。
衰老。
雪在人间复活，它赤脚走出了冬。
房檐下的冰溜。
猿人头骨。
枕于床边的词。在飞机上颠簸。
这是完整的一日。
必须有鸣笛。必须有人群。必须有空荡的船。
驶过江心。
风睡了。我在你的眼睛里看到坞。

堆积着。黑夜堆积在盲人的白昼。
我推不走海。
推不走浪涌上梦的时辰。
生命在子宫吮吸。
喉咙喑哑。
我想禁锢永恒。像“禁锢”这个词。
你必须依赖候鸟。苹果籽。
依赖味道。
依赖带出了童年的玩偶。仍旧活着的信仰。
这是理所当然的速写。
被粮食剥离的陆地。火焰围剿的柴。
悬浮的地球。
我们的双脚停留于此刻。不在地面。
所以诞生了
翅膀。
赤裸着。埋入你的名字。
四面八方的两侧。昨日如闪电。明日如根茎。

我们是否去过西越？路过青石砌筑的土地神。
走上古榕。
梦是灵魂的手脚。
如果河流是水的轮回。
记忆。
仍未蒸发殆尽。
我看到你。裸露的褐色泥土没有包裹黑夜。
竹林被砍去。
隐在内部。
这发生在被创造的重逢之后。
这里会有新的竹林。这是一座环形庭院。
莫比乌斯环。
被预知的每一蒸屉的蒸汽里。
裤脚
已被露水打湿。
我看到归于任何瞬间的。从来真实。

一百四十八

茉莉开花了。黑夜和白昼连接着
一道黎明。
我等落花后去收集。梦与现实同归的河。

你是遥远的故事。钟声，由名字测绘的地图
在冰岛。
我拆开前往布罗茨基流浪的声音。
平行于船舱的鸥鸟。
几幅速写。
我从未参与过的，你的黎明。
升起于栈桥。
退潮时的浅滩。被抛入空中的面包。冬日。
就这样消失了
像回到鸥群的红嘴鸥。
白昼紧闭。博尔赫斯收藏了
一堆破碎的镜子。
成为眼睛。
不要告知我明日。明日并不存在于这个故事。
它忠诚于自己。
生命并非轨迹，东升西落。
我常常在句号。
潮湿的雨，靠近了我。

一百五十

落在门内的影子也是你的。关闭灯。
气球内的雪。
扫去睫毛上的冰。奥雷里亚诺陷入百年的记忆。
月亮朦胧。
坠入天空的吻。
带走了海。赤裸于礁石的海。
带走了夜晚。哈萨克族牧场的毡房。
启动发电机的轰鸣。
一辆老式拖拉机被留下的秘密。日出之前。
阿柔草原倾斜的草
驯化了我。
我只带回骨骼。坚硬的，造物主的拓荒犁。
我在哪里听到你的声音。
从土地复活。
被覆盖的一顿晚餐。从爱尔兰风笛到糌粑。
却只能看到草原诞生了信仰。
这是熟悉的场景。
从隔离栅的圆弧到另一个圆弧。
被腐蚀的红色铁锈。
露出。
我们等待。
等待无法预知的
记忆发生处。闭合，我听到你的声音。

一百五十一

我希望我是你匍匐于案头的灯
发着微微的光。
流淌。
直至梧桐。琥珀般的光泽，坠落冬日。
我常常翻看的
这枚叶片。
从方形的收纳篮筐布面，眺望窗外。
生命。对于光的呼唤的诠释。
从汤匙盛出的
贞洁。
是置于沙砾。仍旧跳动的心脏。
潮水无止境地涌动中。成为被推至岸上的泡沫。
被割下的。黄昏，所剩无几。
我带回一把剪刀。
在井壁。
修剪一百匹马的鬃毛。将奔跑的影子盘成髻。
堆砌于簪子尖端的光泽。
是寂静。
茨威格坠落前夕。
粉色的布达佩斯大饭店。绸缎般的海浪。

一百五十二

我们在同一本书。不同的页码。
书不曾预见。
等待是抵达灵魂。时间的脆弱，书脊。
我看到另一个我。
寻觅。寻觅“但丁不幸而迷信的爱情”
以虔诚的姿态
接受祭祀。接受无数次默念的名字。
泪水淹没双眼。
祝颂黑夜。
中心塔柱窟的人字坡
有搁浅的莲。流放着数万只麋鹿。慈悲的佛。
你描绘地图时
鸟儿迁徙。遍生山川草木。
生命是线段的首尾呼应。
文字是越过死亡的厚度。
我们靠近着。你是我生活在世界的巨大理由。
爱敞开悲悼的钟。
我信任词汇。它们总是未经允诺真实至此。

一百五十三

你打算带我去哪里？一千个吻属于一千首诗。
二十一世纪之冬。
月亮在流淌。这并不是永恒的泉。
我们是布景。作为地球，密集的形容词。
一艘蓝色的船驶向海。
没有港湾。
你的声音在这里。
昨日，今日。更多的明日。
生命是词汇的闪烁。几个名字，延续的故事。
我珍视沉默。
珍视所有的日子。
仍在发生。月亮在阴晴圆缺。
我闭上眼睛。
夏夜捕捉了萤火虫。
先是玉米地深处。蚊帐。再拐进时间的洞。
这是回声。
我从未看到白色的云飘过夜晚。
如今在岛城上空。
我相信故乡的谦卑
在于局限。
星星的家园曾是涂满纸张的黑。我眷恋着。

能够赋予的。是十二时辰的寅时。
你深入骨髓。
却似炊烟，从内部升起。
我是被黑夜与白昼
弃置的孤儿。
一座小房子，有高高的烟囱。
货车经过。桥墩上钢筋的影子，棱骨分明。
不曾顺从的
从来是砌入石壁。诗人的心脏。
我们坠入城市。
从被剔除的鱼刺。蛤蜊肉。裹满糖浆的核桃仁。
到五颜六色的小方格
成为习惯性的
触摸。
该如何解释。
从寂静到破晓。从天光到日暮。
我不得不深陷的。
俯视一切的神。
火车在楼宇之间，生活是被搬运的行李。

缘山路没有发生的对话。我们在诗中。
此刻。
被想象的月亮
另一河流上方升起。生命躺在河床内部。
更多的话语只能变成石头。
干涸的河道上。
沉默的光。
北大西洋的表层垂落过一缕星光。
曾悄寂。
打湿你走过的夜路。
难以置信的风铃草，正觅食晚霞。
点燃它。
这里发生的一切。
普洱沉没于海的底部。开拓出广袤的陆地。

一百五十六

虚构海。是博物馆内，从未被占有的蓝色裸体。
雪落在这里。
从一个下午到另一个夜晚。
我们走过沙滩。
如蚕丝软密的长发，挽起巨舶。
你是我身体的北方。
灵魂。
做爱般的喑哑。
请记住岸。亿万年，流放着鲛人的泪珠。
是否有脚步声
经过？
也许从未有过。
也许正追忆。李商隐的追忆，只是当时已惘然。
上午七时。
冬至的河流，浮现出银质的冰。
雪粒子。落在岛城一端，黑色的大衣。
十二月的跳动。
永恒处。海覆盖过太阳。熄灭过月亮。

我会永远地寂静。像张被织密的毛毯
雪覆盖的村落。
被生命忘却的时间。世界是清澈的泉眼。
结束是结局。
这是无与伦比，美丽的开始。
我爱上包围你的万物。
从壶心
升腾的蒸汽蔓延。
更遥远地。是永远无法触摸的。
我在阅读二十世纪中国小说
却遇见辛波斯卡。
她抽着烟。轻蔑地，卷起世界。
源于文字的信仰
我企图寻觅再无可能的奇迹。
我遇见镜子。
不是面具。
你保留了生命吝啬的施舍。置于烛台。
仍有黑夜连绵不绝。
我留下剪刀。
裁剪时间，海，迁徙的星。保留镜子的光。

一百五十八

光落在松树的松针。雪山落在脊线。
回响也是。
古老而孤悬的松针上。抖落光。抖落雪。
我们是重逢。
躺在这棵烧焦的松树旁。很久很久了。

一百五十九

十二月。雪片落在手心的站台。
火车驶出。
经历过战争，流淌的沙子。你的面庞。
位于太平洋西岸的岛城。
我们讨论过轮廓。
从悬崖走出的
北方日落。是庞德深陷意象的，东方流浪。
残缺的梧桐叶
粘贴在红墙边缘。风开往故乡。
我并未铺开泪水。
它们和胶州湾的岬角汇流。
生活正是如此。
文字带着这颗心脏。行走于地平线。
诗人跃入地狱。
递出小麦，鸟群。偶有秋日翼羽，裁制暖衣。
我走上阶梯。
树根深处，接受白色的礼物。
时间抽走了时间。
潮湿的河流。
仍将真实而必然的。伴随无法预知的明日。

一百六十

如今的沉默带来更多时光。从巨大的明镜升起
你倒映出海。
粼粼波光。施舍过黑夜一盏灯的心脏。
语言由此生长。月亮消失于黎明之前。
难以区分的此刻。
重逢星期日。
我们试图撞击命运的灵柩。时间之外
礼物曾至。
庄周的蝴蝶落在月桂枝丫。
未醒的梦。从寅时出发，前往《太平角之晨》。
关上门
回到一九三八年。
火把对于灰烬的呼唤。开启在我的三十岁月。
这里仍旧写诗。
缘山路的空屋子。
人们任凭它死去，再生。死去。再生。
像这幅油彩。
蓝色停泊于岛城。船，未来的灰烬中归来。

附录

这是人迹罕至的地方。我们踏入的
是两具透明骨骼
轮回的经纬。
每一步都有荆棘。在心脏绽放玫瑰。
这痛楚是暗语
爱在呼吸间生长。
当我的指纹漫过你行走的山海
潮汐便从缘山出现。
三万六千个瞬间会悬浮成满院星辰。
时间的沙漏
正倾覆。
这里拥有太多泛黄的纸页。挂在树梢。
让我热爱人间。
从姓氏开始
跋涉。到命运降生的前夜。
请不要给灵魂戴上枷锁。去保留空荡。
如果你的船到了任何地方
当看到这些文字
名字的密码。那就是我们存在的地方。

或许，缘山路 11 号不过是一行未完成的诗，是落日从门缝潜入的半声问候。怀揣地图册来寻觅的旅人，总要对着生锈的门牌发怔——被爬山虎弥漫的铸铁窗台，如何说尽这里的年轮？

我想，你仍然会记得。我们走过的最长的路，是岛城的青岛路。栈桥上空，海鸥飞去又飞回。

二〇二四年，埋于雪下的霰粒子，在吻的瞬间融化，里院被点亮，耳畔的温热震动着耳骨，以钥匙撬动门锁，我曾在这里敞开过心灵世界，如同《仲夏夜之梦》第五幕的前奏。云，以落雪的方式，漫于时空。落在我们，缠绕在一起的发丝上。十指相扣，承诺于生命的永恒碑记。

青苔生长的痕迹，又该如何丈量砖缝里堆积的月光？

每个清晨，当第一束光的钟摆撞碎薄雾，庭院深处总会浮现不同的面容：有时是礁石之上的沉默，有时是窗台堆叠的选择，有时是信号山脚下一九三八年沦陷的记忆，更多时候只是邮差指间滑落的、某封永远寄不到的信。

这座庭院，存在于城市的肋骨之间，在密集的建筑物之列，被秩序、喧嚣、生活的一切包围，椭圆木桌之上的茶渍，拓印着我们的对谈录。

踏上寻觅的道路，对话中，我们复刻过人生的景观，质疑，听取，获得某些有意义的时刻。命运只能存在于这些片段，它是追求极致断裂的句号。生活原本如此。所以，这里，接受语言的发生，直觉的冒险。

通过文字实现一种可能，在诗的对象与难以捕捉的灵感之间构建桥梁，犹如寻觅一个栖身之处，超验的心灵世界。

诗中有对于经验的命名。同时，我期望为它带来永动机。诗人、鹿、日月星辰、画，它们以自身的创造力提供发现，理解现实并赋予，时代的重量下，去倾听。

那些新漆的黄色外墙太过明亮，会把故事里的褶皱熨平。

霞女

岛城，2024 年 12 月 24 日